DÖRLEMANN

Louise de Vilmorin

Der Brief im Taxi

Roman

Aus dem Französischen von
Patricia Klobusiczky

DÖRLEMANN

Die Originalausgabe »La lettre dans un taxi«
erschien 1958 bei Gallimard in Paris.

Dieses Buch ist auch als DÖRLEMANN eBook erhältlich.
ISBN 978-3-03820-933-1.

Umschlagentwurf: Mike Bierwolf
Porträt von Louise de Vilmorin:
© Editions Gallimard (Jacques Sassier)
Satz: Dörlemann Satz, Lemförde
Druck und Bindung: CPI – Clausen & Bosse, Leck
ISBN 978-3-03820-033-8
www.doerlemann.com

Louise de Vilmorin

Für Jean-François Lefèvre-Pontalis

Herz bedeutet Drama.

Mit siebzehn war ich in Gustave Dalfort verliebt und machte mir Hoffnungen, aber er zog mir Cécilie Teck vor, ein Mädchen in meinem Alter, begabter, lustiger und schöner als ich. Die Enttäuschung, die ihre Hochzeit mit Gustave mir bereitete, tat unserer Freundschaft keinen Abbruch, und so habe ich die meisten Episoden dieser Geschichte, deren Protagonisten mir alle bekannt sind, von ihr persönlich erfahren.

Damals, als aus Cécilie Madame Dalfort wurde, baute Gustave lauter Luftschlösser. Er nahm sich Großes vor und war völlig mittellos. Sie hielt ihn für abenteuerlustig, sah in ihm einen idealen Vertrauten und Gefährten, und da sie gemeinsam von den Freuden und

Fährnissen des Meeres träumten, beschloss er, so reich zu werden, dass er sich ein Schiff leisten konnte. Ihm war noch nicht bewusst, wie sehr er das Geld liebte und wie viel Wert er in nächster Zukunft darauf legen würde, innerhalb einer Gemeinschaft von Geschäftsleuten und Bankiers aufzusteigen. Nach und nach veränderte er sich, begeisterte sich einzig und allein für seine Karriere, und als er nach rund zehn Jahren zum Prokuristen der Bank ernannt wurde, in der seine Laufbahn begonnen hatte, reichte ihm das nicht, er wollte noch höher hinaus, als ginge es darum, sich selbst etwas zu beweisen. Alles, was nicht den Konventionen entsprach, kam ihm fragwürdig vor, er sprach seltener über Sport, Erkundungsreisen und Liebe als über Politik, Finanzen und Regierungsfragen und suchte vor allem die Gesellschaft von Männern, die im Ruf standen, allmächtig zu sein, überaus einflussreich, fähig, einem etliche Türen zu öffnen. Diese beklagenswerte Verwandlung machte aus ihm zwar kein Scheusal, aber nur, weil er ein gutes Herz und nichts Böses im Sinn hatte.

Sein Aufstieg hatte keinerlei Auswirkung auf das Wesen, die Einstellung und das Denken von Cécilie – sie bewahrte sich die Gesten und den Geist ihrer Jugend. Auch wenn Gustave ein wenig bedauerte, dass sie den Ehefrauen seiner Kollegen nicht stärker ähnelte, brachte sie ihn zum Lachen, er liebte sie und fand sie einfach unvergleichlich.

Trotzdem sagte er zu ihr: »Sei doch etwas seriöser. Inzwischen habe ich einiges erreicht, ich bekleide eine wichtige Position und du siehst aus wie eine Studentin, wie eine Ophelia, manchmal sogar wie eine Bettlerin. Das macht keinen guten Eindruck, außerdem bist du aus dem Alter raus.«

»Ach, das Alter, das wechselt ohnehin von Tag zu Tag. Gestern war ich alterslos, heute bin ich fünfzehn und morgen feiern wir vielleicht meinen hundertsten Geburtstag«, antwortete sie.

Das bürgerliche Leben war ihr zuwider, genau wie die Mentalität jener reichen Leute, die sich immerzu bedroht fühlten. Diese Welt war ihr fremd, aber anstatt sich darüber zu beklagen, lachte Cécilie über sie und kam, beseelt von gewissen romantischen Vorstellungen, stets ihren Pflichten nach.

An einem Freitagmorgen im Mai verließ sie ihr Zimmer und eilte die Treppe hinunter, mit einem frankierten und versiegelten Brief wedelnd, den sie zwischen den Fingerspitzen hielt. In der Diele befand sich ihr Zimmermädchen Odile.

»Wie spät ist es?«, fragte Cécilie.

»Es hat eben neun Uhr geschlagen.«

»Wie konnte ich nur so verrückt oder nachgiebig sein, dieser dämlichen Madame Ilot zu versprechen, sie zum Bahnhof zu begleiten? Und wie konnte mein Bruder an dieser faden Gans auch nur einen Hauch Geschmack finden? Neun Uhr, sie ist bestimmt schon außer sich. Ich muss los.«

Cécilie rannte auf die Straße, hielt ein Taxi an, ließ sich zur Avenue Victoria fahren, wo Madame Ilot wohnte, und dachte unterwegs an ihren Bruder. Alexander Teck war eine Künstlernatur. Groß, beleibt und leichtsinnig, galt er als unbeständiger, verschwenderischer Lebemann, und seine letzte Opera buffa, *Die dicke Dünne*, deren Melodien in aller Munde waren, hatte ihn berühmt gemacht. Auch wenn er streng genommen nicht mit seiner Schwester zusammenarbeitete, beriet er sich immer mit ihr, bevor er ein neues Werk begann. Er verließ sich auf ihren Sinn für Poesie, ihren Witz, ihren ureigenen Blick auf die Welt, und sie waren sich sehr nah. Wenn er zu Proben oder Aufführungen in die Provinz oder ins Ausland fahren musste, durfte ihn Cécilie oft mit Gustaves Segen begleiten, und sie nutzte diese Gelegenheiten, um Reiseberichte für Illustrierte zu verfassen. Damit schlug sie ihre

Leser in Bann, und die Fotos, auf denen Cécilie abgebildet war, ließen viele von diesem einzigartigen Wesen träumen.

Alexandre, der Cécilies Heirat zunächst befürwortet hatte, beklagte sie inzwischen. Er fand Gustave geist- und fantasielos. »Dein Mann kann nur noch bewerten. Er ist nicht mehr derjenige, den du geheiratet hast. Du warst für die Freiheit geschaffen, als freie Frau wärst du Schauspielerin geworden«, sagte er zu seiner Schwester.

»Ich hätte ihn verlassen sollen, als er Bankier wurde, aber warum sollte ich es jetzt tun, wenn ich doch bei ihm geblieben bin? Glaubst du etwa, ich wäre für ihn die ideale Frau? Er lässt mich fast alles machen, was ich will, er vertraut mir, und du möchtest, dass ich ihn im Stich lasse, weil er mich hin und wieder zu einem Abendessen bei sterbenslangweiligen Leuten nötigt? Nein. Ich bin durchaus glücklich und ich will ihm jeden Kummer ersparen. Es wäre sonst ungerecht«, antwortete Cécilie, was sie nicht davon abhielt, mit Alexandre über die Ansichten ihres Mannes zu spotten und sich über die Kreise lustig zu machen, denen anzugehören Gustaves ganzer Stolz war.

Von der Place du Châtelet aus erblickte sie in der Ferne Gilberte Ilot, die, von Koffern umringt, an der Avenue Victoria auf sie wartete und von einem Fuß auf den anderen trat.

»Verzeihen Sie, Gilberte. Wurden Sie schon ungeduldig?«

»Mit gutem Grund. Wetten, dass wir den Zug verpassen ...«

»Sie vielleicht, ich aber nicht.«

»Finden Sie das komisch?«

»Nein«, antwortete Cécilie, und während Gilberte sich mit den Worten »Rücken Sie bitte ein ganz kleines Stückchen« zu ihr setzte, stellte der Taxifahrer das Gepäck zu ihren Füßen ab.

Madame Ilot fuhr zu ihrer Familie nach Orléans. Sie dachte, ihr Aufenthalt dort wäre nur von kurzer Dauer und Alexandre würde sie bald wie versprochen nach Biarritz einladen, um mit ihr nach Spanien weiterzufahren, wohin ihn die Arbeit rief. Dabei war Alexandre äußerst flatterhaft. Gilberte, die ihm ein paar Tage lang gefallen hatte, verlor in seinen Augen rasch den Reiz des Neuen. Sie ahnte nichts und glaubte noch, dass aus ihrer Affäre eine Beziehung werden könnte. Ehrgeizig, wie sie war, wollte sie gesellschaftlich reüssieren und bemühte sich deswegen um Cécilies Freundschaft.

Zwanzig Minuten vor Abfahrt des Zuges erreichten sie die Gare d'Austerlitz. Trotzdem war Madame Ilot alles andere als beruhigt, noch ehe das Taxi anhielt, riss sie den Schlag auf, rief: »Gepäckträger!«, im selben Tonfall, wie sie »Haltet den Dieb« gerufen hätte, und zog damit sämtliche Blicke auf sich. Cécilie lachte auf, als Gilberte vor lauter Hektik fast ihren Hut verlor, lachte immer noch, als sie den Fahrer bezahlte, und als sie sich schließlich der Reisenden zuwandte und sie zu beschwichtigen versuchte, stieg ein Mann ins Taxi, das sogleich losfuhr.

»Suchen Sie sich schon mal in aller Ruhe Ihren Platz«, sagte Cécilie zu Gilberte, »währenddessen besorge ich Ihnen ein paar Zeitschriften.«

»Zeitschriften und Fruchtbonbons bitte, wenn es nicht zu viele Umstände macht«, antwortete Gilberte, denn sie konnte nur lesen, wenn sie dabei naschte. Bonbons schärften ihr den Blick, offenbar dienten sie ihr als Brillenersatz. Cécilie steuerte umgehend einen Kiosk mit Süßigkeiten und Pariser Souvenirs an, der für angehende Sammler auch große Umschläge feilbot: *1000 Briefmarken aus aller Herren Länder*, zum Preis von 200 Franc. Diese Marken erinnerten sie an den Brief, den sie dringend aufgeben wollte, sie wühlte in den Taschen ihres Mantels, ging den Inhalt ihrer Handtasche durch, kehrte zum Bahnhofseingang zurück, wo sie den Bürgersteig und die Rinne absuchte. Eine ältere Dame beugte sich zu ihr.

»Kann ich Ihnen vielleicht behilflich sein? Sie scheinen etwas zu suchen …«

»Ja, ich habe einen Brief verloren, einen … Er muss mir entglitten sein, als ich vor fünf Minuten ausgestiegen bin, und jetzt ist das Taxi weg! Ja, ein Brief, er ist mir bestimmt aus der Hand geglitten. So ein Ärger. So ein Pech!«

»Es war aber wenigstens keine Wertsendung? Kein besonders wertvoller Brief?«

»Oh doch, dieser Brief ist ganz besonders wertvoll.«

»Dann tun Sie mir wirklich leid, Sie Ärmste. Hoffen wir, dass er nicht in ruchlose Hände gelangt! Ach, wenn ich nur daran denke! Aber Geld ist nun mal Geld.«

»Ach, um Geld geht es hier nicht.«

»Dann muss es Liebe sein, und Sie sind verheiratet? Haben Sie Angst, erpresst zu werden?«

»Nein, es geht nicht um Liebe, es ist weitaus schlimmer.«

»Ein Berufsgeheimnis? Sind Sie zufällig Ärztin?«

»Nein.«

»Spionin?«, fragte die alte Dame und verschwand unversehens, ohne eine Antwort abzuwarten.

Cécilie behielt nur diese Worte im Kopf: »Haben Sie Angst, erpresst zu werden? Hoffen wir, dass er nicht in ruchlose Hände gelangt!«, und so sah Madame Ilot, die vor ihrem Waggon Wache hielt, sie ohne Bonbons und Zeitschriften auf sich zukommen, die Hände an die Schläfen gedrückt.

»Warum halten Sie Ihr Haar fest? Es weht nicht das leiseste Lüftchen«, sagte sie. »Sie sehen besorgt aus.«

»Das bin ich auch. Ist Ihnen vorhin nicht aufgefallen, dass ich einen Brief in der Hand hielt?«

»Wann denn, wo denn?«

»Na, im Taxi.«

»Ich habe keinen Brief gesehen.«

»Dann ist er mir sicher entglitten, als ich für Sie aufgerückt bin, und später habe ich ihn in all dem Durcheinander wegen des Gepäcks einfach vergessen. So muss es gewesen sein, er ist mir entglitten und ich habe ihn verloren.«

»Sagen Sie doch gleich, dass es meine Schuld ist.«

»Oh, ich gebe niemandem die Schuld, ich sage nur, dass es eine Katastrophe ist.«

»Warum? Das ist doch nicht schlimm. Ständig gehen irgendwelche Briefe verloren.«

»Ja, aber dieser Brief ist wichtig, und ich habe Angst, dass er in ruchlose Hände gelangt. Gefahren sieht man nur voraus, weil es sie tatsächlich gibt, und wie oft haben wir schon zu hören bekommen: ›Es war praktisch undenkbar, dass so etwas passiert, und dann ist es – zack – doch passiert.‹«

»Sie haben eine viel zu blühende Fantasie. Während wir hier über diesen Brief reden, hat ihn vermutlich längst jemand bei der Post aufgegeben. Es gibt durchaus ehrliche Leute. Stellen Sie sich einfach vor, wie Sie handeln würden, nicht die anderen.«

»Die anderen sind aber viele«, antwortete Cécilie.

Sie wartete die Abfahrt des Zuges ab und ging dann nach Hause, erst recht betrübt, weil sie die Unruhe nicht mehr abschütteln konnte, deren Grund ihr allzu bewusst war.

In Paris bewohnte sie am Boulevard Lannes ein kleines Haus, das Gustave für sie gekauft und das sie nach ihrem Geschmack eingerichtet hatte. Die Möbel im Erdgeschoss waren im Stil Louis-treize, an den dunkelblau bespannten Wänden hingen große, golden gerahmte Mezzotinto-Radierungen, die Frankreichs Häfen und alle möglichen Ansichten der Stadt Straßburg zeigten. Das ergab ein kurioses, zugleich anheimelndes Ganzes, wie in diesen Häusern, die Sammlern gehören und die einem das Gefühl geben, auf Reisen zu sein, sobald man sie betritt. Gustave war stolz auf diese Ausstattung, deren Originalität alle seine Freunde bewunderten. Die Bibliothek, im ersten Stock gelegen, enthielt vor allem Memoiren und Gedichte, Kunstbände und Theaterstücke und war Cécilies Reich. Dort hielt sie sich meistens auf. »Das ist meine Zuflucht«, sagte sie, »meine Ali-Baba-Höhle.«

Als Cécilie an diesem Vormittag vom Bahnhof zurückkehrte, fiel Odile auf, wie blass sie war.

»Ist Madame müde?«

»Ach, Odile, nichts ist ermüdender als Ärgernisse. Als ich Madame Ilot zu ihrem vermaledeiten Zug begleitet habe, ist mein Brief im Taxi verloren gegangen, wissen Sie noch, der Brief von heute Morgen?«

»Madame hätte ihn besser mir überlassen.«

Gustave war bei einem Geschäftsessen, und Cécilie, die allein zu Hause war, verspürte keinerlei Appetit. Sie hatte trübsinnige Gedanken und Herzrasen, die Ungewissheit schnürte ihr die Kehle zu, und sie wollte nichts zu sich nehmen, nicht einmal einen Tropfen Wasser. »Ich bin ein Gespenst«, dachte sie beim Betreten ihrer Ali-Baba-Höhle, »ein Gespenst, das durch Türen hindurchgeht, ohne sie zu öffnen, und das weder ein Buch in die Hand nehmen noch eine Blume pflücken oder ein Stück Schokolade essen kann.« Sie versuchte zu lesen, aber die Wörter ergaben keinen Sinn, sie legte eine Schallplatte auf, aber die Musik verstärkte nur ihre Angst, und als Odile das Ausmaß ihrer Besorgnis erkannte, riet sie Cécilie zunächst, zum Heiligen Antonius von Padua zu beten, und bot ihr dann nachmittags gegen vier an, die Concierge von nebenan zu holen, die zugleich Wahrsagerin war.

»Eine Kartenlegerin! Genau das Richtige. Machen Sie, Odile, schnell, sie soll auf der Stelle zu mir kommen!«

Und so saß ihr binnen Minuten eine Seherin mit granatrotem Umhang an einem Tisch gegenüber und schickte sich an, ihre Karten auf dem orientalischen Tuch auszulegen, das sie mitgebracht hatte.

»Großes Geheimnis? Kleines Geheimnis? Tarot gesamt?«

»Sämtliche Geheimnisse, große, kleine, schwere, leichte, funkelnde, wirbelnde, schwirrende …«

»Wenn Sie darüber scherzen, werden die Karten schweigen«, erklärte die Dame recht kühl. »Großes Geheimnis?«

»Großes Geheimnis«, sagte Cécilie und gab sich alle Mühe, während sie der Concierge lauschte, den Wendungen eines undurchsichtigen Romans zu folgen, zu dessen Protagonisten unter anderem eine leichtlebige Frau, ein treuer Freund und ein Jurist zählten.

Die Wahrsagerin legte den Finger auf den Kreuzkönig.

»Das ist Ihr Mann«, sagte sie.

»Nein, da irren Sie sich. Soll ich Ihnen ein Foto zeigen?«

»Nicht nötig. Wenn ich Ihnen doch sage – und es noch einmal sage: Der Kreuzkönig ist Ihr Mann.«

»Das höre ich gern. Wie schön er ist! Nicht wiederzuerkennen. Hoffentlich trägt er das Gleiche, wenn wir uns das Fußballspiel Frankreich-Ungarn ansehen.«

Die Seherin wurde allmählich böse.

»Am besten sage ich gar nichts mehr.«

»Oh nein, verzeihen Sie. Bitte fahren Sie fort. Und dann?«

»Dann sehe ich bei Nacht einen Brief …«

Cécilie hörte auf zu lachen.

»Einen Brief? Ich selbst erwarte keinen, aber können Sie mir sagen, ob der Brief, den ich geschrieben habe, seinen Adressaten erreichen wird?«

Die spöttische Haltung ihrer Kundin hatte die Kartenlegerin gekränkt.

»Wahrscheinlich nicht«, antwortete sie, und als sie ging, fügte sie, bestimmt aus Rachsucht, hinzu: »Nehmen Sie sich in Acht.«

»Nehmen Sie sich in Acht«, »Nehmen Sie sich in Acht.« Cécilie hörte nur noch diese

Worte, und nun kam zu den Ängsten, die sie bereits hegte, noch Argwohn hinzu.

Wenn Gustave vor dem Abendessen nach Hause kam, verweilte er, die Zeitungen unterm Arm, fast immer kurz in der Anrichte, wo Odile ihm ein Glas Fruchtsaft servierte. »Alles in Ordnung? Ist Madame zu Hause?«, fragte er stets, so auch an diesem Abend:

»Ist Madame zu Hause?«

»Madame hat das Haus nicht verlassen.«

»Ist sie müde?«

»Nein, sie ist verstimmt. Madame hat einen Brief verloren.«

»Den hätte sie lieber Ihnen überlassen sollen«, sagte er und ging hinauf, um seine Frau in ihrer Höhle aufzusuchen.

Über ihren Schreibtisch gebeugt, blätterte sie *Das imaginäre Museum* von André Malraux durch, während das Grammophon leise spielte.

»Guten Abend, Schatz. Wie war dein Tag? Bist du zufrieden?«

»Aber ja …«

»Du bist nicht ausgegangen?«

»Doch, ich habe Gilberte Ilot zum Bahnhof begleitet. Sie ist nach Orléans gefahren.«

»Ah, Gilberte! Eine bezaubernde Frau. Und wieder eins von Alexandres Opfern. Dein Bruder hat kein Herz, er ist das reinste Fliegenpapier, und die Fliegen, die ärmsten, lassen sich ködern. Ich finde sie nett, diese Gilberte, sie tut mir leid und ich würde gern etwas für sie tun.«

»Schick ihr doch eine Postkarte.«

»Apropos Postkarten: Odile hat mir gesagt, du seist verstimmt.«

»Ich?«

»Ja, anscheinend hast du einen Brief verloren.«

»Oh, der war nicht wichtig.«

»Aber du wolltest ihn unbedingt selbst einwerfen.«

»Nicht unbedingt, aber ich wollte die Gelegenheit nutzen, wenn ich schon unterwegs war.«

»Wem hast du geschrieben?«

»Alexandre.«

Cécilie wurde rot, was ihrem Mann nicht entging.

»Du wirst rot?«

»Ach, Gustave, wem sollte ich sonst schreiben? Ich habe dir nie den geringsten Anlass gegeben, mir zu misstrauen, und du wirst mir jetzt doch keine Szene machen, weil ich einen Brief verbummelt habe, der, wie gesagt, überhaupt nicht wichtig ist.«

»Warum bist du dann verstimmt?«

»Ich bin nicht verstimmt, sondern einfach zu faul. Ich hatte für Alexandre eine Stückhandlung entworfen, ziemlich lang und verwickelt, und es ärgert mich, dass ich wieder bei null anfangen muss.«

Gustave, dem diese Erklärung plausibel genug war, wechselte umgehend das Thema:

»Du hast aber nicht vergessen, dass wir morgen in die Sologne fahren, zu den Doublard-Despaumes?«

»Was? Du willst, dass wir die Doppel-Ds besuchen? Ich dachte, wir hätten uns mit ihnen überworfen? Zu meiner großen Freude, auch wenn ich Marcelline Doublard schätze, die durch Geistesblitze aus heiterem Himmel besticht. Erst gestern hast du zu mir gesagt: ›Diese Frau tröstet sich mit Foie gras über ihr Heimweh nach der Gosse hinweg‹, und über ihn hast du gesagt, er sei ein Verbrecher und ein Dreckskerl (was zum Glück nicht immer gleichbedeutend ist), du wüsstest genug über seine Machenschaften, um ihn ins Gefängnis zu bringen, und sei Geld stinke und verpeste die Luft (wie du siehst, erinnere ich mich an jedes einzelne Wort). Du hast ihn als Bakschischkönig und Sumpfdotterblume bezeichnet, deinen Worten zufolge führt er ein Dreifachleben, hat einen Hang zum Liederlichen und besäuft sich mit dubiosen Dämchen (das finde ich persönlich eher sympathisch). ›Und dann erdreistet er sich auch noch, mich von oben herab zu behandeln?‹, sagtest du. ›Glaub mir, es muss noch viel Wasser die Seine hinabfließen, ehe ich mich wieder bei diesem Schweinehund blicken lasse!‹ Der Bakschischkönig! Die Sumpfdotterblume! Und morgen wirst du wieder vor ihm katzbuckeln! Kommt nicht in Frage.«

»Hör bitte auf, ihn so zu nennen, und lass dir gesagt sein, dass Doublard-Despaumes und ich uns keineswegs zerstritten haben, niemals. Er ist ein großartiger Mensch, dem man höchstens Ungeschicklichkeit vorwerfen kann. Ich habe ihn heute getroffen, und da wurde mir klar, dass er mir gestern nichts Übles wollte, als die Sitzung vorbei war, er war nervös, ich war müde, ich bin wütend geworden und das war mein Fehler. Du darfst niemandem etwas verraten, das ist dir doch klar? Behalte es für dich und vergiss einfach, was ich gesagt habe, bitte. Die Leute sind gehässig, sie interessieren sich nur für das, was ihren Interessen dient, und ich kenne so manchen, der vor lauter Missgunst nicht zögern würde, mir aus einer indiskreten Äußerung, und wäre sie noch so harmlos, einen Strick zu drehen, um meinem Ansehen bei Doublard-Despaumes zu schaden, es gar zu vernichten. Dabei hängt meine Zukunft von ihm ab, er ist allmächtig, und ich habe viele Neider, wie du weißt. Da gilt es zu schweigen. Wie ein Grab.«

»Wie ein Grab«, antwortete Cécilie.

Marcelline Doublard-Despaumes hatte jenes Alter erreicht, in dem Frauen erblonden. Sie war üppig und leutselig, liebte Empfänge und Juwelen, Theater und Café crème zu jeder Tageszeit. Ihr Mann ähnelte ihr und schreckte genauso wenig wie sie davor zurück, seinen Reichtum auszustellen. Bei ihnen zu Hause, ob in Paris oder in der Sologne, waren die Teppiche dreimal dicker, das Licht dreimal heller, die Törtchenpyramiden dreimal höher und die Gemälde großer Meister dreimal signierter als in jedem anderen Herrenhaus von vergleichbarer Pracht. Bei ihnen wurde alles mal drei genommen, so dass Cécilie sie auch gern die Dreifachianer nannte.

Marcellines Warmherzigkeit wirkte sich allem Anschein nach sogar auf Pelze günstig aus, denn ihre Nerzmäntel und Fuchscapes wiesen ein dreimal längeres Fell auf als die Mäntel und Capes ihrer Freundinnen.

Die Ehe der Doublard-Despaumes war erst spät mit einer Tochter gesegnet worden, die nun achtzehn Jahre alt war. Sie hieß Nanou, war frisch und rosig wie Pomona, eine spanische Pomona allerdings, und das hätte die Verehrer noch viel stärker anlocken sollen als ihre dreifache Mitgift. Sie hüllte sich in Wolle oder Baumwolle, ließ ihr Haar den Rücken hinunterwallen, aß im Kino zu Mittag und trank nachts Whisky in einer Diskothek.

»Ein Wildfang, den ich nicht einfangen

kann«, erklärte Marcelline Doppel-D. »Ich habe nicht die Kraft, ein Mädchen zu bändigen, das einen mittelalterlichen Stil pflegt. Sie und ihre Freunde sprechen eine unbekannte Sprache voller Fremdwörter, und ich finde es bewundernswert, dass sie sich damit verständigen können.«

Nanou hätte ihren Vater gern ruiniert; sie schämte sich, dass er sein Geld derart zur Schau stellte, aber sie liebte ihre Mutter, die ihr Ammenherz allen Reichtümern zum Trotz nicht verloren hatte, nur ihretwegen begleitete sie ihre Eltern am Wochenende in das Landhaus in der Sologne, dessen Garten recht schön war, vor allem in der Dämmerung. Sie machte dort gerade einen Abendspaziergang, gefolgt von einem Dreifachhund, als vor dem Haus ein Wagen hielt. Cécilie stieg aus, und Nanou kam angerannt.

»Sind viele Gäste da?«, fragte Gustave.

»Die ganze Bande, und kein einziges neues Gesicht.«

»Wo sind sie denn alle?«

»Jetzt? Jetzt liegen alle in der Badewanne. Zehn Wannen, zehn Leichen.«

Was die Gesellschaften bei den Doublard-Despaumes auszeichnete, war ihre Ununterscheidbarkeit. Sie glichen einander bis ins kleinste Detail, sodass man jegliches Gefühl für die Jahreszeit verlor und sich genauso gut im April wie im Dezember wähnen konnte. Im Lauf dieser Abende bemühte sich Cécilie nach Kräften, Gustaves Wünschen zu entsprechen; sie reagierte mit einem Lächeln auf die Komplimente der Herren, versuchte, sich in das Gespräch der Damen einzubringen, die ihr im Übrigen nichts zu sagen hatten und sie exzentrisch fanden, und wenn sie ihre Pflicht erfüllt hatte, gesellte sie sich zu Nanou, die erwartungsfroh nach ihr Ausschau hielt, um mit ihr über die Komödie zu lachen, die Cécilie eben gespielt hatte, vor allem aber, um sie über Alexandre Teck zu befragen, den Nanou vergötterte.

Cécilie war an diesem Abend nicht nach Lachen zumute. Ständig kam ihr der verlorene Brief wieder in den Sinn, und die möglichen Folgen ihrer Zerstreutheit flößten ihr Furcht ein. Sie schützte Müdigkeit vor, begab sich nach dem Abendessen geradewegs in ihr Zimmer und rief Alexandre in Biarritz an.

»Bist du's? Ein Glück! Allein?«

»Ja. Ich arbeite.«

»Ich habe dir gestern geschrieben, hast du meinen Brief bekommen?«

»Nein.«

»Gib Bescheid, wenn du ihn bekommst, es ist sehr wichtig.«

»Sei unbesorgt.«

»Nein. Nein. Nein. Niemals«, dachte sie, »so kann ich auf keinen Fall einschlafen.« Bevor sie zu Bett ging, nahm sie ein Hypnotikum ein, und als sie am nächsten Morgen aufwachte, sagte sie zu ihrem Mann: »Wieder ein Sonntag, der sich dahinschleppen wird, anstatt uns mitzureißen.« Gustave teilte ihre Ansicht nicht. »Du brauchst dich nur zusammenreißen. Na los, Schatz«, antwortete er.

Auf dem Land kommt schon am frühen Nachmittag Schläfrigkeit auf, wenn man bei anderen ist, und vermutlich brachen die Gäste, kaum dass sie ihren Kaffee ausgetrunken hatten, nur deswegen zu einem Spaziergang auf, um nicht im Salon vor sich hin zu schnarchen. Während die Männer den Frühling erkundeten und sich dabei über September und den Beginn der Jagdsaison unterhielten, tauschten ihre Frauen, die hinter ihnen hergingen, die Adressen von Masseuren aus und klagten über ihre Leber oder die Leber des Gatten. Ihnen zufolge war die Natur tödlich, vor Blumenkohl müsse man sich genauso in Acht nehmen wie vor Petersilie, und der Verzehr von weißen Bohnen sei reiner Selbstmord. Außerdem beklagten sie, dass ihre Söhne so wenig Lerneifer aufbrachten. »Ob meiner, deiner, ihrer«, sagten sie und gelangten zu dem Schluss: »Ihre Väter können einfach nicht mit ihnen umgehen.«

Cécilie, die sich normalerweise ein Vergnügen daraus machte, ihnen zu lauschen und solcherart die eigene Dialogschreibkunst zu verfeinern, entschied sich an diesem Tag dafür, Marcelline Doppel-D Gesellschaft zu leisten, was Gustave ausdrücklich guthieß. »Du hast sie viel zu oft vernachlässigt. Wenn du schon so müde bist, wird es dir leichtfallen, dich höflich zu verhalten, und denk bitte daran, ihr einzutrichtern, wie sehr ich ihren Mann schätze.«

Ängstliche und Verliebte (Liebe ist so oder so eine Form von Angst) finden immer einen Weg, und sei er noch so gewunden, um das Thema anzusprechen, das sie bewegt.

»Ihr Haus zieht Diebe bestimmt magisch an«, sagte Cécilie. »In Ihrer Abwesenheit könnte es zu einem Einbruch kommen.«

»Ach, wenn ich es nicht miterlebe, macht mir das keine Angst«, antwortete Marcelline.

»Man sollte also abwesend sein«, dachte Cécilie.

»... und weil ich selbst keinen Diamanten stehlen muss, um mir ein Buttercroissant zu leisten, habe ich Mitleid mit den Dieben. Wirklich interessante Menschen, darum möchte ich auf keinen Fall mit ihnen tauschen. Sie sind waghalsig, sportlich, wahre Akrobaten; sie üben einen hochgefährlichen Beruf aus, aber was haben sie schon für Zukunftsaussichten, diese armen Kerle?«

»Manche Diebe stehlen ganz und gar gefahrlos. Was halten Sie zum Beispiel von Leuten, die sich eine Fundsache aneignen?«

»Ah, da verwechseln Sie Knopf und Loch. Solche Übeltäter sind keine Diebe, sondern ehrlose Menschen.«

»Was würden Sie denn tun, Marcelline, wenn Sie ein Schmuckstück fänden?«

»Ich würde es bei der Polizeiwache abgeben.«

»Und wenn Sie einen Brief fänden?«

»Ach, den würde ich lesen. Neugier ist mein geheimes Laster, wie ich zugeben muss. Ich lausche an Türen, spähe durchs Schlüsselloch und erliege stets der Versuchung, Briefe zu lesen, die nicht für mich bestimmt sind. Dagegen bin ich machtlos, so habe ich allerdings auch viel Neues erfahren.«

»Ja, aber wenn *Sie* einen Brief verlieren würden …«

»Ah, was haben Sie nur für eine herrliche Vorstellungsgabe, meine kleine Cécilie! Wenn ich mich um einen verlorenen Brief sorgen würde, müsste es ja ein Liebesbrief sein, und um einen Liebesbrief zu schreiben, müsste ich doch einen Geliebten haben. Einen Geliebten, wie wundervoll!«

Gustave, der nicht spazieren gegangen war, sondern nebenan mit Monsieur Doublard-Despaumes Geschäftliches besprach, kam in den Salon, um eine Zigarette zu holen.

»Einen Geliebten?«, fragte er.

»Ja, ist das nicht wundervoll? Cécilie hat

gerade den Anfang eines Romans ersonnen: Ich betrüge endlich meinen Mann und verliere einen Brief, den ich meinem Geliebten geschrieben habe. An diesem Punkt sind wir nun.«

Gustave blickte seine Frau an, es schien ihr unangenehm zu sein; beunruhigt nahm er sein Gespräch mit Doublard-Despaumes wieder auf.

Die Spaziergänger kehrten wild gestikulierend und laut rufend zurück. Man brachte ihnen Tee und Erfrischungsgetränke, die Nanou in Gauchotracht servierte, Cécilie half ihr dabei und hatte das Gefühl, dass Gustave sie beobachtete. Da weder sie noch Nanou Karten spielten und alle anderen sich an Spieltischen niederließen, verzogen sich die beiden in eine Ecke des Salons, wo sie nach Herzenslust miteinander tuscheln und sehr starken Whisky trinken konnten. Gustave beteiligte sich zerstreut an einem Kartenspiel, verlor, ohne dass es ihm etwas ausmachte, und als es dann Zeit wurde, sich umzuziehen, ging er mit Cécilie in ihr Zimmer, wo sie mit gespielter Ungezwungenheit ihr Haar löste und aus den Tageskleidern schlüpfte.

»Was ist eigentlich mit dieser Briefgeschichte?«, fragte er. »Du kannst dir ja denken, dass ich einen Zusammenhang zwischen deinem verlorenen Brief und Marcellines Worten vermute.«

»Oh ja, das kann ich mir denken, aber glaubst du wirklich, ich würde ihr von meinem Geliebten erzählen, wenn ich einen hätte, und glaubst du, sie würde mich in Verlegenheit bringen, falls sie meine Vertraute wäre?«

Gustaves Argwohn hielt der Logik dieses Arguments nicht stand, dennoch fragte er beharrlich weiter: »Wie seid ihr überhaupt auf ein so schlüpfriges Thema gekommen?«

»Tja, ich habe eben über diese Sache nachgedacht, sie ärgert mich. Wie du weißt, hatte ich in meinem Brief an Alexandre die Handlung für einen Film oder ein Theaterstück entworfen, und nun habe ich Angst, dass mir ein ruchloser Mensch diese Idee stiehlt und weiterverkauft. Darum habe ich Marcelline gefragt: ›Was würden Sie tun, wenn Sie einen Brief fänden?‹ Sie sagte, sie würde ihn lesen. Also habe ich sie gefragt: ›Und wenn *Sie* einen Brief verlieren würden?‹ In ihren Augen wäre nur ein Liebesbrief von Bedeutung. Liebe, das gefiel ihr, vor allem, weil Liebe in ihren Augen ein ehrbarer Grund wäre, Doppel-D zu betrügen, und als du reingekommen bist, malte sie sich das gerade in den herrlichsten Farben aus.«

Gustave lachte.

»Und wisst ihr auch, wie dieser Roman enden soll?«

»Wenn wir das wüssten, wäre der Roman schon geschrieben. Aber du hast uns unterbrochen, und dann haben wir nicht mehr daran gedacht.«

Cécilie ging ins Badezimmer, Gustave folgte ihr und lief die ganze Zeit hin und her, während sie ein Bad nahm.

»Ein Roman … ein Roman … Wollen doch mal sehen …«, sagte er. »Marcelline verliert einen Liebesbrief, der mir in die Hände fällt. Wenn ich anständig bin, werfe ich ihn in den nächsten Briefkasten ein. Wenn ich neugierig bin, lese ich ihn, und wenn ich keinen Anstand habe, versuche ich, daraus Kapital zu schlagen. Aber wie soll das gehen, wenn ich nur den Namen des Adressaten kenne?«

»Und wenn die Adresse des Absenders im Briefbogen eingraviert ist oder auf der Rückseite des Umschlags geschrieben steht?«

»Wie unbedacht! Marcelline schwebt in höchster Gefahr! Ich mache mich kundig, suche sie zu Hause auf, und wenn sie nicht zahlen will, drohe ich ihr an, dieses kostbare Dokument ihrem Mann zu übergeben. Ich könnte übrigens genauso gut ihren Liebhaber aufsuchen, der sicher davor zittern würde, dass ich Marcelline bloßstelle. Ein Brief ist kein Hund, Briefe gibt man auf, und brächte man mir einen Brief zurück, den ich selbst verfasst habe, anstatt ihn einfach einzuwerfen, würde ich auf jeden Fall denken: ›Da ist was faul, es geht um Geld.‹«

»Und das nennst du einen Roman?«

»Das ist ja erst der Anfang.«

»Ich nenne das den Anfang und das Ende eines äußerst lästigen Zwischenfalls«, entgegnete Cécilie.

Angst ist ein schlechter Ratgeber, und so behielt sie nur diese Worte im Kopf: »Brächte man mir einen Brief zurück, den ich selbst verfasst habe, anstatt ihn einfach einzuwerfen, würde ich auf jeden Fall denken: ›Da ist was faul, es geht um Geld.‹«

Obwohl Gustaves Einwände Cécilie normalerweise kalt ließen, trafen sie diesmal auf überaus lebhafte und unangenehme Weise ins Schwarze. »Das Schiff sinkt. Ich bin an Bord der *Titanic*, und wenn ich schon Schiffbruch erleide, muss ich wohl singen.« Nach dem Abendessen setzte sie sich ans Klavier und sang mit Nanou die berühmtesten Gassenhauer aus *Die dicke Dünne.* Die Gäste waren vergnügt, sie spendeten Beifall, und Cécilie vertrieb ihnen die Zeit.

Gustave, der nicht gern in aller Frühe aufstand, wollte noch spätabends nach Paris zurückfahren, und so folgten auf das Gelächter und den Applaus lauter Abschiedsgrüße und Gute-Nacht-Wünsche und Cécilie hinterließ nach ihrer Abreise einen bleibenden Eindruck.

Die fahle Straße erinnerte an einen vereisten Fluss. Der Mond spielte mit seinen Strahlen, die unvorstellbar, unverhofft weite Landschaft war im Limbus eines farblosen Blaus gefangen, und das war die Erde, und das war der Himmelskörper, geschmückt mit dem Licht und Schatten der Nacht. Um dem zu entgehen, was sie befürchtete, überlegte Cécilie fieberhaft, wie sie sich unsichtbar oder zumindest unauffindbar machen könnte, und der Gedanke, nach Paris zurückzukehren, entsetzte sie.

»Sieh mal«, sagte sie zu Gustave und zeigte ihm eine kleine Hütte am Waldrand, »wie gern würde ich dort leben, bis ans Ende meiner Tage. Dort drüben in dieser kleinen Hütte.«

»Sie steht vermutlich nicht zum Verkauf«, antwortete er und fügte hinzu, er für seinen Teil würde lieber ein Haus besitzen wie das der Doppel-Ds.

Deren Vermögen und Lebensstil imponierten ihm sehr, er ließ sich lang und breit darüber aus. Cécilie, ganz und gar von ihren Ängsten in Anspruch genommen, hörte ihm nicht zu, und zu seinem großen Befremden hörte er sie flüstern: »Da ist was faul, es geht um Geld.«

»Was hast du gerade gesagt?«

»Nichts. Ich bin wohl eingeschlafen. Ich habe nur Unsinn geredet.«

»Schlaf einfach weiter, Schatz«, sagte er, und sie schlug die Augen erst wieder auf, als sie am Ziel waren.

Nicht alle Bräute sind schön, aber es gibt schöne Bräute; nicht alle Tage sind historisch, aber manche ragen aus dem Fluss der Zeit heraus. Cécilie erwachte noch stärker von Ängsten geplagt als am Vorabend, als sie zu Bett gegangen war, und es fiel ihr schwer, aufzustehen. Sie dachte, es würde sie ablenken, wenn sie ein bisschen aufräumte, sodass Gustave, als er zum Mittagessen nach Hause kam, sie hinter einem Bücherwall in ihrer Ali-Baba-Höhle antraf, wo sie barfuß und mit staubigen Händen auf dem Boden saß.

»Na so was …«, sagte er.

»Komm, setz dich, wir machen ein Picknick.«

»Auf dem Teppich?«

»Dieser Teppich ist ein Garten, das Licht der Lampe unser Sonnenlicht, ein Feigenbaum beschirmt uns mit seinen Ästen, und Odile wird uns Ölsardinen bringen, kalten Braten, Gebäck … alles, was dein Herz begehrt. Ich dachte mir, nach einem Aufenthalt bei den

Dreifachianern hättest du vielleicht Lust auf einen Tapetenwechsel.«

»Und wo befinden wir uns jetzt?«

»In der Nähe von Montpellier.«

»Das ist zu weit weg. Wenn ich deine Einladung annehme, komme ich zu spät ins Büro, und ich habe heute Nachmittag wichtige Termine. Du kannst ruhig in der Nähe von Montpellier bleiben, während ich meine Sardinen unten esse, bei mir zu Hause, ganz allein.«

Während Cécilie und Gustave dieses Gespräch führten, nahmen zwei Freunde in einem Bistro in der Rue Pierre-Charron ihr Mittagessen ein.

Als man ihnen die Rechnung brachte, öffneten beide ihre Brieftasche, einer der beiden entnahm ihr einen Umschlag, legte ihn auf den Tisch und schleuderte ihn mit einem Fingerschnippen seinem Begleiter zu.

»Sieh dir das an, Roger«, sagte er. »Diesen Brief habe ich letzten Freitag in einem Taxi gefunden, als ich an der Gare d'Austerlitz eingestiegen bin. Ich habe ihn eingesteckt und dann nicht mehr daran gedacht. Abends bin ich aufs Land gefahren, und als ich heute Morgen wieder diese Jacke anzog, stellte ich fest, dass ich ihn noch habe. Ich wollte ihn einwerfen, und dann habe ich ihn erneut vergessen.«

Roger wendete den Umschlag und las den Namen des Absenders auf der Rückseite.

»Warum einen Brief einwerfen, der dir eine Begegnung mit Cécilie Dalfort ermöglichen würde? Behalte ihn und überbringe ihr den Brief persönlich. Sie ist geistreich, sie gefällt dir, du bewunderst sie, und jetzt hast du die einmalige Gelegenheit, es ihr zu sagen. Nutze diesen glücklichen Zufall, Paul, nutze die himmlische Gunst, die dahintersteckt.«

Paul, romantisch veranlagt, in sich gekehrt und leidenschaftlich, misstraute sich selbst und dachte eine ganze Weile über die Konsequenzen der Vorgehensweise nach, die Roger ihm empfahl.

»Sie kann es nur als Ausdruck meiner Bewunderung deuten. Ja, du hast recht, heute Abend suche ich sie auf«, sagte er schließlich.

Um halb sieben war Cécilie im Badezimmer, wo sie mit ihrer Schneiderin, die auf Knien um sie herumkroch, ein noch unvollendetes Kleid anprobierte, ein schwarzes, eng anliegendes, tief dekolletiertes Etwas, das vor weißen Fäden und Stecknadeln strotzte, als Odile ihr mitteilte, dass ein Herr sie sprechen wolle.

»Ein Herr?«

»Ein Herr.«

»Ali-Baba«, ordnete Cécilie an, und ohne zu bedenken, dass sie weder frisiert noch angezogen war, sondern halbnackt in einer Art Tunika voller kabbalistischer Symbole steckte, die sie wie eine Astrologin erscheinen ließ, betrat sie ihre Höhle und stand einem Mann gegenüber, der seinen Augen nicht traute. Ein Mann, die Lage war ernst, und sein Schweigen flößte ihr Furcht ein.

»Madame«, hob er an und steckte die Hand in seine Innentasche, »ich habe im Taxi einen Brief gefunden, den Sie geschrieben haben …«

Sie fiel ihm ins Wort: »Genug. Wie viel verlangen Sie? Hunderttausend? Zweihunderttausend? Nennen Sie mir Ihren Preis.«

Da steckte er den Brief wieder ein.

»Keinen Sou, keinen Heller verlange ich.«

»Was verlangen Sie dann? Was wollen Sie von mir?«

»Ich will, dass Sie mich zum Abendessen einladen, tête-à-tête, nur Sie und ich. Mehr verlange ich nicht.«

»Niemals.«

»Ohne Abendessen kein Brief. Auf Wiedersehen, Madame, ich werde Sie kein zweites Mal aufsuchen.«

Seine Ungezwungenheit hatte etwas Erschreckendes an sich, sein Ernst etwas Beängstigendes. Er kehrte ihr den Rücken zu, öffnete die Tür und ging, doch kaum hatte er den Treppenabsatz erreicht, lief sie ihm nach und hielt ihn zurück.

»Wie wäre es mit einem Abendessen im Restaurant?«, fragte sie.

»Nein, hier bei Ihnen.«

Flehentlich sagte sie: »Wünschen Sie sich etwas anderes, egal was.«

»Ich will nichts anderes. Sagen Sie ja oder nein.«

»Ich sage … Ich sage …«

»Und ich sage Freitagabend.«

Sie hatte das Gefühl, dass es ihren Untergang besiegeln würde, wenn sie sich weigerte, und da sie in seinem Blick und seinem Lächeln nur böse Vorzeichen erkannte, murmelte sie: »Einverstanden, Sie Betrüger, Verbrecher, Mistkerl …«, dann machte sie auf dem Absatz kehrt und warf sich auf das Sofa ihrer Ali-Baba-Höhle, den Kopf in die Kissen vergraben.

Im selben Moment kam Gustave von der Arbeit zurück, sah, wie ein Mann, dessen Gesicht er nicht erkennen konnte, sein Haus verließ und in ein Auto stieg. Entgegen seinen Gewohnheiten verweilte er nicht in der Anrichte, sondern begab sich direkt zu seiner Frau, die er völlig aufgelöst vorfand.

»Was hast du denn, mein Schatz? Bist du krank?«

»Krank? Ach was, das war nichts, es ist vorbei«, antwortete sie, sammelte sich und stand auf.

»Da bin ich aber froh, ich habe mir Sorgen gemacht. Wer war dieser Mann, der eben rausgegangen ist?«

»Welcher Mann? Ach ja, dieser Mann … Tja … Das muss der Arzt gewesen sein, wer sonst?«

»Arzt?«

»Na und, Gustave? Du hast mich doch eben gefragt, ob ich krank bin, und dann wunderst du dich, dass ein Arzt hier war?«

»Woher kennst du ihn?«

»Ich kenne ihn nicht.«

»Aber er ist wohl kaum vom Himmel gefallen?«

»Nein, er ist ein Freund von …« Sie zögerte kurz, und ihr kam als Erstes Madame Ilots Name über die Lippen. »Er ist ein Freund von Gilberte.«

»Gilberte? Ich dachte, sie ist in Orléans.«

Cécilie spielte sich in Rage. »Wenn ich dir antworten soll, Gustave, darfst du mir keine Fragen stellen. Bei der Anprobe war mir plötzlich unwohl. Was ist daran so schwer zu verstehen? Wir Frauen sind wirklich tapfer, und ich setze mein Leben aufs Spiel, um dir zu gefallen. Ich möchte dir Freude bereiten, mich nach deinem Geschmack kleiden und wäre wegen eines Bruchs fast gestorben.«

»Bruch? Um meinetwillen?«

»Deinetwegen nicht. Ich meinte den Stoffbruch. Die Couturiers sollten neben ihren Umkleideräumen stets einen Arzt in Bereitschaft halten, und Frauen sollten Kleider ausschließlich in Anwesenheit eines Mediziners anprobieren.«

Gustave interessierten diese Ausführungen nicht, er wollte nur wissen, warum Cécilie nicht ihren Hausarzt André Varay angerufen hatte. Sie habe es versucht, antwortete sie, aber er sei in London und mache einen Hausbesuch bei Mrs Pamela Churchill, darum habe sie bei Gilberte Ilot angerufen.

»Warum denn bei Gilberte? Soviel ich weiß, zählt Gilberte nicht zu deinen Freundinnen?«

»Ich kenne sie kaum, aber wenn man außer sich ist, kommt man nun mal auf seltsame Ideen.«

»Und wer ist rangegangen?«

»Eine Stimme. Am Telefon geht immer eine Stimme ran. Zimmermädchen, Putzfrau, Einbrecher, wer weiß? Ich sagte: ›Schicken Sie mir einen Arzt, jemanden, dem Madame Ilot vertraut. Mir ist nicht wohl, ob es das Herz ist? Die Nerven? Ich habe nicht die leiseste Ahnung.‹ Und dann habe ich meinen Namen und meine Adresse angegeben.«

»Und den Arzt hast du in dieser Aufmachung empfangen?«

»Ach, Ärzte sind es gewohnt, dass ihre Patientinnen sich frei machen.«

»Wie lautet seine Diagnose? Wo ist das Rezept?«

»Er hat mir kein Rezept dagelassen, weil er mich nicht angetroffen hat.«

»Nicht angetroffen?«

»Du sagst mir so oft, ich sei verrückt, dass ich es inzwischen selbst glaube. Verrückte neigen zum Entwischen, und ich bin ihm entwischt.«

»Könntest du dich bitte klarer ausdrücken?«

»Meine Gesundheit ist ziemlich labil, das weißt du doch, Gustave. Ich werde grün, ich werde rot, ich zittere und erstarre. Ich bin sensibel, darum ändert sich mein Zustand immer so schnell. Als der Arzt hier war, ging es mir wieder gut, ich fühlte mich pudelwohl, und so habe ich ihm zugerufen: ›Es hat sich erledigt, Sie brauchen nicht reinzukommen‹ und habe mich noch für das Ungemach entschuldigt.«

»Als ich eben reingekommen bin, schienst du aber völlig ermattet.«

»Ich? Keineswegs. Ich war in Gedanken, und wenn ich nachdenke, bin ich immer völlig ermattet. Jetzt hör schon auf zu meckern und sieh dir das Ende meiner Anprobe an.«

Gustave willigte ein, aber er witterte ein Geheimnis, das ihm missfiel und das er unbedingt aufdecken wollte.

Am nächsten Tag erhielt Cécilie einen Blumenstrauß, den Odile ihr brachte, und als sie die dazugehörige Karte aus dem Umschlag zog, las sie dort nur ein einziges Wort: »Freitag.«

»Aha, Blumen! Was für Blumen?«, fragte sie und zerriss die Karte.

Nachdem Odile den Strauß ausgepackt hatte, gab sie Cécilie eine präzise Antwort: »Frühlingsblumen. Wo möchte Madame die Blumen haben? In ihrem Schlafzimmer? Im Boudoir? Im Salon?«

»Stellen Sie sie in mein Zimmer, in irgendeine Ecke, egal wo. Beziehungsweise nein, stellen Sie sie nirgendwo hin. Behalten Sie die Blumen, ich schenke sie Ihnen.«

»Mir?«

»Ja, ich gebe sie Ihnen, weil Sie diese Blumen hübsch finden.«

Odile steckte die Blumen in eine Vase und stellte sie auf den Tisch in der Anrichte, wo sie Gustave ins Auge fielen, als er nach Hause kam.

»Was gibt's Neues? Alles in Ordnung? Ist Madame zu Hause?«

»Madame ist in ihrer Höhle. Ich glaube, sie schläft.«

»Sie brauchen sie nicht zu wecken. Mein Arbeitstag ist noch nicht vorbei, ich muss mich noch mit mehreren Berichten befassen. Das ist aber ein prachtvoller Strauß, meine liebe Odile. Ein Geburtstagsstrauß?«

»O nein, ich bin ein Septemberkind. Diesen Strauß hat mir Madame geschenkt.«

»Einfach so, ohne besonderen Anlass?«

»Sie wollte mir nur eine Freude machen.«

Gustave trank sein Glas Fruchtsaft, ohne den Blick vom Blumenstrauß zu wenden, anschließend nahm er im Salon Platz, zündete sich eine Zigarette an, schlug die Zeitungen auf und versank dermaßen in seine Lektüre, dass er darüber das Warten vergaß.

»Tssi Tssi Tssi, Tssa Tssa Tssa ...« Die Tür ging ganz sachte auf, und dann trippelte Cécilie herein, sie trug einen japanischen Kimono und trällerte:

Tssi Tssi Tssi ... Tssa Tssa Tssa ...

Kirschbäume blühn,
Quitten gelben,
Die Sonne wird kühn
Und das Herz ganz schwer

Tssi Tssi Tssi ... Tssa Tssa Tssa ...

Rosarot glüht der Vulkan,
Schaumzuckerhut ragt empor,
Blauregen vom Himmel fällt
Japanischer Monde üppiger Flor.

Tssi Tssi Tssi … Tssa Tssa Tssa …

Malerische Brücken auf dem Kakemono,
So manche habe ich beschritten
Und komme aus Japan angeritten
In meinem Kimono.

Gustave war eher gerührt als bezaubert oder amüsiert.

»Wo nimmst du nur diese Einfälle her?«, fragte er. »Mein armer Liebling, du bist wirklich nicht dafür geschaffen, die Frau eines Bankiers zu sein!«

Tssi Tssi Tssi … Tssa Tssa Tssa …

Zur schönen Stunde
Japanischer Blässe
Spielt eine Runde
Elegischer Bässe

»Cécilie!«

Tssi Tssi Tssi … Tssa Tssa Tssa …

Meine Stunde ist eine Barke,
Besetzt von einem Herrn aus Paris.
Ich kredenze ihm Sake.
Am Abend, in der Frühe bleich,
Werd ich geheilt, sterb ich sogleich.

Tssi Tssi Tssi … Tssa Tssa Tssa …

»Komm schon, Schatz, denn ich sterbe gleich vor Hunger, lass uns zu Abend essen.«

Tssi Tssi Tssi … Tssa Tssa Tssa …
Kirschbäume blühn …

»Apropos Kirschbäume, in der Anrichte steht ein wunderschöner Strauß«, bemerkte Gustave.

»Ein Blumenstrauß?«

»Strauß bedeutet immer Blumen.«

»Nein, es gibt auch Sträuße aus Federn oder Reisig.«

»Soweit ich weiß, bezeichnet man Federsträuße als Staubwedel und Reisigsträuße als Besen, und die werden für gewöhnlich nicht in Vasen gesteckt. Der Strauß, den ich meine, ist ein Blumenstrauß. Du hast ihn Odile geschenkt? Warum? Wer hat dir den Strauß geschickt?«

»Niemand.«

»Hast du ihn gekauft?«

»Nein.«

»Dann muss dieser Niemand also doch jemand sein.«

»Auf dem Umschlag stand nur meine Adresse, auf der Karte war nirgendwo ein Name. Nichts ist verstörender als ein Strauß, in dem sich ein Unbekannter versteckt. Er hat mir Angst gemacht, darum habe ich ihn Odile gegeben.«

Gustave billigte die Reaktion seiner Frau in jeder Hinsicht, und nachdem diese Frage geklärt war, teilte er ihr mit, dass die Doublard-Despaumes und Nanou am kommenden Freitag bei ihnen zu Abend essen würden, daher sehe er sich gezwungen, ein bereits geplantes Geschäftsessen abzusagen.

»Freitag? Geh doch zu deinem Geschätsessen, und ich kümmere mich um die Doppel-Ds.«

»Nein, das geht auf keinen Fall. Natürlich wäre mir ein anderer Tag lieber gewesen, aber wir sind ihnen eine Einladung schuldig, und es ist der einzige Abend, den sie in diesem Monat noch nicht vergeben haben.«

Cécilie war niedergeschmettert. »Also gut, wenn es unbedingt Freitag sein muss«, murmelte sie.

Der Mann, der sie zu einer Essenseinladung an jenem Freitagabend nötigte, war zutiefst empört über den Empfang, den sie ihm bereitet hatte. So sehr ihre Verdächtigungen ihn verletzt hatten, fand er sie doch anziehend und unterhielt sich mit seinem Freund Roger Nimier oft über sie. Beide Männer fragten sich, was an diesem verlorenen Brief so schlimm sein mochte. »Hätte sie sich nichts vorzuwerfen, hätte sie auch nichts zu befürchten, und dann hätte sie sich ganz anders verhalten«, sagten sie sich. Ihre Überlegungen ließen sie vermuten, dass in diesem Brief etwas enthalten war, das ihr zum Verhängnis werden konnte. Daraus zogen sie den Schluss, sie hätte einen Liebhaber, sie hätte sich ihrem Bruder anvertraut und wäre zu allem bereit, damit ihr Mann nichts von ihrer Liebschaft erfuhr. »Also wird sie es so einrichten, dass sie am Freitagabend allein ist«, glaubten die Freunde.

Cécilie wurde mit höchst lebendigen, wenn auch anonymen Ehrbezeugungen eingedeckt – gleich kübelweise: Goldregen, Rosensträucher und Rhododendren, die sie entgeistert betrachtete, während Odile sie bewunderte.

»Was für herrliche Bäumchen«, sagte sie.

»Ihnen fehlt es an Vögeln und Schmetterlingen. Ich bin so unglücklich, Odile, aber sagen Sie das bloß nicht weiter. Wenn Sie gefragt werden, woran ich gestorben bin, antworten Sie einfach, ich sei vor Angst und Sorge umgekommen, und dann sorgen Sie dafür, dass diese Bäumchen auf mein Grab gepflanzt werden. ›Angst und Sorge‹, damit ist alles gesagt.«

Das Haus verwandelte sich in einen Park, und Gustave, den diese gartenbauliche Invasion zunächst überrascht hatte, regte sich bald darüber auf.

»Jetzt reicht's, ich habe die Nase voll«, erklärte er, und Cécilie fiel keine andere Ausrede ein als die Behauptung, sie sei vom Pflanzenwahn befallen.

»Wahn, in der Tat, allmählich glaube ich, du bist wirklich verrückt. Verschwenderische Ausgaben können durchaus ihren Nutzen haben, aber das hier sprengt jeden Rahmen, du musst unverzüglich damit aufhören.«

Odile war zugegen. Sie rief: »Das ist doch albern! Erkennt Monsieur denn nicht, dass Madame die Doppel-Ds beeindrucken will?«

»Monsieur und Madame Doublard-Despaumes, wenn ich bitten darf«, entgegnete er und lächelte dann seine Frau an. »Ach! Du möchtest die Doublards beeindrucken? Warum sagst du das nicht gleich? Das eine hervorragende Idee, die ich wärmstens begrüße.«

»Du begrüßt eine Idee, die mit mir nichts zu tun hat«, antwortete sie lachend.

Er küsste sie, ebenfalls lachend, und am nächsten Tag – am Vorabend dieses Essens, das Cécilie aus vielerlei Gründen Angst machte – saß sie gerade in ihrer Ali-Baba-Höhle, als Odile ihr verkündete, Madame Ilot sei da.

»Wohin soll ich sie führen?«, fragte Odile.

»Madame Ilot? Hier?«

»In voller Lebensgröße.«

»Wenn das kein Wunder ist.«

Gilberte trat ein, traurig, aber todschick, parfümiert und rundum herausgeputzt, und rief in heller Aufregung: »Verzeihen Sie diesen Überfall, aber ich musste Sie einfach sehen. Ich fühle mich so einsam, Cécilie.«

»Was ist denn los?«

»Offen gesagt, hatte ich mich auf Spanien gefreut, doch nun habe ich erfahren, dass Alexandre morgen nach Paris zurückkommt.«

»Davon weiß ich ja gar nichts.«

»Im Grunde hatte ich mir diese Reise schon mehr oder weniger aus dem Kopf geschlagen, weil Frauen in Spanien offenbar schon in Verruf kommen, sobald sie sich nur mit einem Mann in der Öffentlichkeit zeigen. Als wären die Spanier in der Türkenzeit steckengeblieben«, mutmaßte sie, und dann fügte sie nach vielen Seufzern hinzu: »Ihr Bruder macht mich sehr unglücklich, ohne mir die Hoffnung zu nehmen, das ist ja das Schlimme.«

»Alles ist schlimm, meine Liebe, und wenn es nach mir ginge, wäre ich weit weg von allen Banken, am liebsten in einem Gauklerwagen.«

»Was? Sie haben einen reizenden Ehemann, Sie sind unfassbar hübsch, eine Ausnahmeerscheinung, sehen keinen Tag älter aus als achtzehn, und da beklagen Sie sich?«

»Niemand ist so alt wie ich. Ach, Gilberte, ich muss Ihnen etwas gestehen, etwas sehr Dringendes und Schwerwiegendes.«

»Mir? Sind Sie sicher?«

»Ich habe gelogen und mich dabei auf Sie berufen.«

»Das ist ein Freundschaftsbeweis, und dafür danke ich Ihnen«, antwortete Gilberte, während Cécilie entsetzlich darunter litt, eine Frau ins Vertrauen ziehen zu müssen, die sie für äußerst geltungssüchtig hielt und kein bisschen sympathisch fand.

»Es geht um diesen Brief, den ich vor ein paar Tagen verloren habe, als ich Sie zum Bahnhof begleitete. Unglücklicherweise ist er einem Mann in die Hände gefallen, der mich kürzlich aufgesucht …«

»… und von Ihnen Geld verlangt hat.«

»Ach, wenn es nur das wäre, hätte ich schon eine Lösung gefunden, aber er bestand darauf, dass ich ihn zum Essen einlade. Hierher einlade, morgen Abend.«

»Ein Abendessen bei Ihnen zu Hause, das ist ein Vermögen wert! Demnächst wird er weiß Gott was für Gaunerstücke vollführen und sich damit brüsten, dass er Sie persönlich kennt und unter Ihrem Dach empfangen wurde. Wie war er denn angezogen?«

»Ach, heutzutage ziehen Herzöge, Krämer, Bürogehilfen und Hochstapler doch alle das Gleiche an. Gustave hat ihn von fern gesehen, als der Mann das Haus verließ, er wollte von mir wissen, wer das war, und weil Sie in meiner Erinnerung mit diesem verlorenen

Brief verknüpft sind, ist mir Ihr Name als Erstes über die Lippen gekommen. Ich habe Gustave erzählt, dass mir nicht wohl war, dass André Varay, unser Hausarzt, verhindert war und ich deswegen bei Ihnen angerufen habe …«

»Bei mir? Da ist doch niemand.«

»… und wen immer am anderen Ende, vielleicht Ihr Zimmermädchen …«

»Wie gern hätte ich ein Zimmermädchen.«

»… gebeten habe, mir einen Arzt zu schicken, dem Sie vertrauen.«

Als Gilberte das hörte, entrüstete sie sich: Sie bezichtigte Cécilie, sie in eine schreckliche Lage gebracht zu haben, was ungerecht sei, sie könne das auf keinen Fall unterstützen.

»Was soll ich Ihrem Mann denn sagen, wenn er mich danach fragt?«

»Keine Ahnung.«

»Wie soll ich das erklären?«

»Ich habe nicht die leiseste Ahnung. Verzeihen Sie, Gilberte, es tut mir sehr leid. Ich wusste einfach nicht, was ich sagen sollte, also habe ich irgendeinen Unsinn von mir gegeben.«

»Dieser Unsinn geht entschieden zu weit«, erwiderte Gilberte, »und ich lehne jede Verantwortung für den Besuch ab, den dieses gefährliche Subjekt Ihnen abgestattet hat.«

Wohl wissend, dass Cécilie ihr nicht die Freundschaft kündigen würde, weil sie Gustave unmöglich den Grund für ein solches Zerwürfnis nennen könnte, stand Gilberte auf und teilte ihr in einem süßlichen Ton mit, wie sehr sie es bedaure, ihr in diesem Fall keine Hilfe zu sein, doch Cécilie war bei Weitem nicht so ratlos, wie sie angenommen hatte, denn sie verfügte über einen Trumpf, der dazu angetan war, Gilberte umzustimmen.

»Ich habe Sie in eine unangenehme Lage gebracht, zugegeben, da wir aber keine Freundinnen sind, muss ich mir nicht vorwerfen, Ihre Freundschaft ausgenutzt zu haben«, sagte sie. »Wenn mein Bruder tatsächlich morgen wieder in Paris ist, wird er einen Weg finden, mir aus der Misere zu helfen. Ich werde ihm alles erklären, und ich weiß genau, was er davon halten wird.«

Gilberte begriff auf Anhieb, dass sie einen Fehler gemacht hatte, dass Cécilie Alexandre nicht nur dazu bringen würde, für immer und ewig mit ihr zu brechen, sondern die von ihr selbst herbeigeführte Trennung zum Vorwand nehmen würde, sie nicht mehr zu empfangen und ihr die Tür zu jener Welt zu verschließen, in der sie, Gilberte, um jeden Preis Fuß fassen wollte. Sie wurde ganz kleinlaut, und als Cécilie sich von ihr verabschiedete, flehte Gilberte sie an, ihr diesen kleinen Anfall von Übellaunigkeit nicht nachzutragen, den sie inzwischen bereute.

»Erlauben Sie mir noch eine Frage: Ist der Brief, den Sie verloren haben, ein Liebesbrief?«

»O nein!«

»Das ändert natürlich alles. Wenn ich nur

wüsste, worum es genau geht, könnte ich Ihnen vielleicht doch behilflich sein.«

»Tja, ich habe eine fürchterliche Dummheit begangen, die meinem Mann großen Schaden und großen Kummer zufügen könnte.«

»Was für eine Dummheit?«

»Ganz einfach«, sagte Cécilie und erzählte, wie Gustave, für gewöhnlich so bedächtig, so gelassen, so besonnen, eines Abends fuchsteufelwild nach Hause gekommen war, weil Monsieur Doublard-Despaumes, der Bankdirektor, ihn von oben herab behandelt hatte. Vor lauter Wut hatte sich Gustave zur Behauptung hinreißen lassen, dieser Kerl, der scheinbar kein Wässerchen trüben könne, entpuppe sich als Schweinehund und besaufe sich mit dubiosen Dämchen. Er hatte seinen Chef als Bakschischkönig und Sumpfdotterblume beschimpft. Cécilie fand das alles sehr amüsant und hatte es ihrem Bruder in dem Brief nicht nur beschrieben, sondern auch noch zu einem Entwurf für ein Kurzdrama mit dem Titel *Die*

Kehrseite der Bankiers verarbeitet. Dort trat Doublard-Despaumes als Hampelmann auf, der sich einzig und allein von seinen betrügerischen Geschäften, sinnlichen Gelüsten und üblen Machenschaften leiten ließ; egal, ob er sich nach rechts oder links wandte, stets landete er im Gefängnis, und Gustave hegte nur einen Wunsch, er wollte freien Zutritt zu diesen Salon-Gefängnissen, in denen Doublard ein und aus ging. Cécilie versuchte, ihn davon abzuhalten, doch vergebens. Sie sang, tanzte, verkleidete sich, spielte für ihn ganz allein tausend verschiedene Verführerinnen, aber er hörte auf keine von ihnen. Alexandre seinerseits herrschte über eine Welt der Fantasie. Er machte sich über Gustave lustig und riet Cécilie, ihn zu verlassen. Zwischen beiden Welten hin- und hergerissen, weinte sie ständig, und ihr Bruder führte sie zur Ablenkung in einen Nachtclub, wo Cécilie von diversen Melodien in die Arme eines Verlobten getrieben wurde, der stets Verlobter bleiben sollte. Kaum kehrte sie in die Wirklichkeit zurück, machte sich ihre Verzweiflung wieder so stark bemerkbar, dass Cécilie vor ihrer eigenen Haustür tot auf den Fußabtreter sank.

»Da haben Sie ja noch einmal Glück gehabt«, bemerkte Gilberte, als Cécilie ihr alles erzählt hatte. »Ich verstehe gar nicht, warum Sie sich solche Sorgen machen. Die Zukunft Ihres Mannes ist außer Gefahr, weil man diesen Brief Ihnen und nicht Monsieur Doublard-Despaumes zurückgebracht hat. Sie haben also nichts zu befürchten. Gestehen Sie Gustave, dass Sie Ihrem Bruder berichtet haben, wie er sich über seinen Vorgesetzten geäußert hat. Sagen Sie ihm, wie man Sie unter Druck setzt, und dann wird er diesen feinen Herrn morgen selbst in Empfang nehmen und ihn am Schlafittchen packen. Vielleicht sollte er vorsichtshalber die Polizei einschalten.«

»Ach, daran hatte ich auch schon gedacht! Aber wenn Gustave den Brief zurückerlangt, wird er ihn ganz bestimmt lesen, und das darf ich um keinen Preis zulassen. Oh, die Indiskretion würde er mir verzeihen, er würde mir verzeihen, dass ich ihn lächerlich mache (nur zum Spaß, nicht aus Bosheit, glauben Sie mir!), aber er darf auf keinen Fall erfahren, dass ich mich selbst, und sei es nur im Scherz, als Opfer seines Aufstiegswillens darstelle und so tue, als würde ich vor Langeweile oder Kummer sterben, ausgerechnet auf unserem Fußabtreter, vor unserem Haus, dem Haus, das er mir geschenkt hat, damit ich daran Freude habe und dort glücklich bin. Wenn er zu lesen bekommt, was ich geschrieben habe, würde es ihm das Herz brechen. Das Herz! Armer Gustave! Das ist mir eine Lehre! Jetzt, da ihm meinetwegen so viel Schmerz droht, liebe ich ihn zehnmal mehr. Nein, dieser Brief muss an mich zurück, an niemanden sonst, auf dass ich ihn in tausend Fetzen zerreiße.«

»Sie tun mir leid«, antwortete Gilberte, »aber ich weiß wirklich nicht, wie ich Ihnen helfen soll. Dieser falsche Doktor ist ein Albtraum.«

»Ob Doktor oder nicht – dieser Mann ist ein Albtraum«, entgegnete Cécilie und ging zum Fenster. Sie presste die Stirn an die Scheibe und wiederholte: »Albtraum, Albtraum. Ach, da kommt Gustave. Wie spät ist es denn?«

»Es ist spät, ich gehe jetzt nach Hause und denke über die ganze Sache nach.«

Gustave traf auf der Treppe mit ihnen zusammen. Gilbertes Anwesenheit überraschte ihn, er schien sich darüber zu freuen. Sie dürfe doch nicht gehen, wenn er komme, sie solle noch ein wenig bleiben, sagte er, und als er dann erfuhr, dass sie es nicht eilig hatte und mit niemandem zum Essen verabredet war, lud er sie ein, den Abend mit ihnen zu verbringen. Gilberte willigte ein, und als sie den Salon-Garten betraten, blieb ihr angesichts der prächtigen Kübelpflanzen der Mund offen stehen. »Brasilien!«, rief sie. Gustave legte Cécilie den Arm um die Schultern. »Alles hier entspricht dem Geschmack dieser jungen Dame«, sagte er und blickte seine Frau an. »Aber was hast du, Schatz? Bist du traurig? Verärgert? Müde?«

Sie nahm ihn beim Arm und zog ihn in die Diele.

»Pass auf, Gustave, du wirst gleich sehr böse sein.«

»Also: Was hast du jetzt wieder angestellt? Sag schon, ich bin ganz Ohr.«

»Du erinnerst dich doch an diesen … na ja … an diesen Arzt, den du vor ein paar Tagen hast aus dem Haus kommen sehen …«

»Ja.«

»Es ist nämlich so … weil ich ihn umsonst herbestellt habe und ihm danken und mich zugleich bei ihm entschuldigen wollte … habe ich ihn … nun ja … ich habe ihn spontan für morgen Abend zum Essen eingeladen.«

»Was? Du hast diesen Fremden zum Abendessen eingeladen?«

»Leider!«

»Und das sagst du mir jetzt?«

»Als dieser Arzt hergekommen ist, müssen sämtliche Türen und Fenster meines Bewusstseins offen gewesen sein, denn er ist mir entfallen, ohne die Spur einer Erinnerung zurückzulassen, und dann ist er mir plötzlich wieder eingefallen, als Gilberte vor mir stand.«

»Und er kommt morgen? Am selben Abend wie die Doublard-Despaumes? Du hast den Verstand verloren! Was denkst du dir nur dabei?«

»Ich denke viel.«

»Und je mehr du denkst, desto zerstreuter bist du?«

»Denken ist eine Form von Zerstreuung. Gerade beim Denken ist man zerstreut. Verzeih mir bitte, Gustave.«

»Schon gut, so schlimm ist es ja gar nicht. Dieser Herr ist schließlich mit Gilberte befreundet, sie kann ihn ohne Weiteres wieder ausladen.«

»Ich möchte ihn aber auf keinen Fall kränken.«

»Dann kommt er eben ein andermal«, antwortete Gustave, ging in den Salon zurück und bat Madame Ilot, diesem Doktor abzusagen, da man am nächsten Abend gern unter sich bleiben wolle.

Zu seiner großen Verblüffung sagte sie, sie kenne den Mann nicht.

»Sie kennen ihn nicht?«

Madame Ilot erklärte, in ihrem Adressbuch gebe es unter dem Buchstaben D eine lange Liste von Doktoren und Dentisten, die Freunde oder Zufallsbekanntschaften ihr wärmstens empfohlen hatten und deren Namen sie sich für den Fall heftiger Zahnschmerzen oder irgendeiner Krankheit notiert hatte, die man ja nie ausschließen könne, weil sie sich aber bester Gesundheit erfreue, habe sie keinen einzigen von ihnen je zurate gezogen.

»Rufen Sie einfach Ihr Zimmermädchen an, sie kann Ihnen bestimmt sagen, um wen es sich handelt«, schlug Gustave vor und deutete auf das Telefon.

»Ich habe nur eine Putzfrau, und sie ist um diese Uhrzeit schon weg, aber ich verspreche Ihnen, mich gleich morgen früh darum zu kümmern«, antwortete sie.

Am nächsten Vormittag suchte sie Gustave in seinem Büro auf und eröffnete ihm mit betroffener Miene, sie habe ihr Adressbuch verlegt, am Vortag vermutlich aus Versehen in die Handtasche gesteckt, und dann sei es wohl herausgefallen, als sie in einem großen Warenhaus einkaufen war, sie habe es überall gesucht, ihre Wohnung gleiche nun einem Schlachtfeld und sie selbst sei völlig verzweifelt, denn dieses Adressbuch sei ihr Ein und Alles.

Anders als von Gilberte erwartet, blieb Gustave heiter und gelassen.

»Ach! Cécilie! Ständig schwebt sie über den Wolken, und ich habe jedes Mal das Gefühl, einen Sieg zu erringen, wenn sie sich wieder zur Erde herablässt. Sie ist ein Vogel, der luftigeren Gefilden entstammt. Sie kommt und geht, sie hebt ab und macht mir das Leben schwer, aber so ist sie mir viel lieber, als wäre sie gezähmt.«

»Hat sie ein Glück! Sie sind der ideale Ehemann.«

»Nun gut, meine liebe Gilberte, wir kommen also nicht umhin, die bittere Pille dieses Doktors zu schlucken! Dann schlucken wir sie eben und vertrauen darauf, dass sie uns schon nicht umbringen wird«, sagte er.

Nachdem Madame Ilot auf diese Weise jeder Verantwortung ledig war, fühlte sie sich stark genug, mit Cécilie die Qualen einer Angst zu teilen, die sie selbst gar nicht mehr empfand. Als sie ihr von dem Gespräch mit Gustave erzählte, beglückwünschte Cécilie sie zu ihrem bemerkenswerten Lügentalent, während die Gefahren, die ihr drohten, ihr nun umso größer erschienen, da sie ihnen ganz allein ausgesetzt war.

»Sobald dieser Mann eintrifft, gehen Sie auf ihn zu, sagen ›Guten Abend, Herr Doktor‹, und dann werden Sie gleich sehen, wie dankbar er eine Identität annimmt, die gewiss viel ehrbarer ist als seine eigene. Wahre Hochstapler können in jede Rolle schlüpfen«, erklärte ihr Gilberte, doch dieser optimistische Ausblick vermochte Cécilie nicht zu beruhigen. »Morgen Abend wird dieser Schuft mit an unserem Tisch sitzen, und wo werde ich sein?«, dachte sie. »Ich werde fehlen, weil ich bis dahin gestorben bin und Gustave als Witwer zurücklasse. Witwer. Witwer! Eine Todsünde! Und er wird meinetwegen zum Witwer! Hilfe! Das darf auf keinen Fall passieren! Ich muss also überleben! Ich muss kämpfen«, sagte sie sich, und um ihren Mann vor dem Witwertum zu bewahren, wünschte sie ihm sogar den Tod.

Gustave hatte nicht vergessen, dass Cécilie die Doublard-Despaumes beeindrucken wollte, und so bat er sie am Morgen des verhängnisvollen Tages, sich angemessen zu kleiden und auf ihre Frisur zu achten.

»Du bist so schön, wenn du einer Frau ähnelst«, sagte er.

»Welcher Frau?«

»Dir selbst.«

»Wäre dir eine Wildfremde denn nicht lieber?«

»Du bist meine Wildfremde, und ich möchte keine andere.«

Nachmittags begab sie sich zu Guillaume, ihrem Friseur, wobei sie lange durch die Straßen bummelte, und kaum war sie angekommen, verkündete sie ihm, dass sie die Ahnungslosen beneide, die Zerstreuten, alle, die ungute Vorzeichen nicht zu deuten wussten.

»Für mich ist alles ein Omen: ein klappernder Fensterladen, ein Taschentuch, das zu Boden fällt, eine Blume, die so oder so herum gepflanzt wurde, selbst die Ohrfeige, die eine Mutter ihrem Kind mitten auf den Champs-Élysées versetzt. Ist das vielleicht meine

Schuld? Nein, nicht wahr? Und ich muss Ihnen gestehen, dass mir heute Abend wohler wäre, wenn mein Mann nicht mehr unter den Lebenden weilte. Ich spüre, dass er leiden wird, und das kann ich nicht ertragen. Besser, er wird ermordet, als dass er vor Kummer stirbt.«

»Aber … Das ist ja furchtbar!«

»Ganz und gar nicht. Man ist doch froh, wenn der Mensch, den man liebt, einem Ereignis nicht mehr beiwohnen muss, das ihn am Boden zerstört hätte, und man denkt erleichtert: ›Ein Segen, dass er das nicht mehr erlebt hat!‹ Wenn ich meinen Mann nicht liebte, würde ich ihm nicht den Tod wünschen.«

»Aber es ist und bleibt schaurig!«

»Ja, ein schauriger Liebesbeweis. Ich würde wirklich alles tun, um ihm diesen drohenden Kummer zu ersparen.«

»Welchen Kummer?«

»Den schlimmsten von allen: Ernüchterung. Von mir aus soll er nicht ganz tot sein, nur halb, etwa im Gefängnis sitzen oder in die

Wüste verbannt werden, kurzum, er soll eine Zeitlang verschwinden. Ach Guillaume, schauen Sie mich an, ich sehe aus wie ein Gespenst, bald fällt die Maske und ich werde das Gesicht verlieren!«

»Nicht doch, Sie sehen hinreißend aus, aber Sie sollten sich wohl besser ein wenig ausruhen.«

Sie dankte ihm mit einem zaghaften Lächeln und machte sich auf den Weg, mit ihrem Hut in der Hand.

Als sie nach Hause kam, hatte Gustave sich bereits für die Doublard-Despaumes umgezogen. »Du bist schön wie nie, wildfremde Schönheit, aber du musst dich beeilen«, sagte er, und während sie in ihr Zimmer hinaufging, rief er ihr wie ein Zeitungsverkäufer hinterher: »Letzte Meldung! Alexandre Teck, weltbekannter Schöpfer der *Dicken Dünnen*, ist wieder in Paris und wird mit uns zu Abend essen.«

Cécilie hatte sich für das Kleid entschieden, das sie ein paar Tage zuvor anprobiert hatte, als der Mann, von dem ihr Schicksal abhing, zu ihr gekommen war. Dieses Kleid, eigentlich nur ein langer schwarzer Schlauch, hauteng, tief ausgeschnitten und mit einem roten Satinband gegürtet, hatte Antonio del Castillo für sie entworfen. Es war gewagt, apart und karg, ein Kleid, bei dessen Anblick man unwillkürlich Akkordeonklänge hörte. Sie trat vor den Spiegel und fragte: »Gibt es dich noch? Antworte. Bist du bereit, mir zu helfen? Ja? Dann verlass bitte diesen Spiegel und nimm mich an die Hand.« Ihr Gefühl von Einsamkeit, ihre Niedergeschlagenheit, die Furcht, die sie bei dem Gedanken an die unvorhersehbaren Wendungen des Schicksals befiel, verliehen ihrer Schönheit den entrückten Ernst eines heranwachsenden Mädchens, das von Ungewissheit geplagt wird, und ihr offener Blick war von einer Mattheit überzogen, die noch anziehender war als Lebhaftigkeit.

Sie ging gerade durch die Diele, als die Doublard-Despaumes eintrafen. Marcelline ähnelte in ihrem lebkuchenbraunen Spitzenkleid einer locker-luftigen Brioche, Nanou in ihrem Zigeunerinnenkleid mit zinnoberroten, blauen und violetten Rüschen einer Flamme, während Monsieur Doppel-D hinter ihnen aussah wie ein beleibter Koch, der sich als Großbürger ausstaffiert hatte.

Der Salon-Garten verfehlte seine Wirkung nicht. Dort standen Gustave und Gilberte, von üppigem Laubwerk beschirmt, neben einem Tisch, der sich unter Gläsern und Karaffen bog. Alle freuten sich, lachten, tauschten Komplimente aus, man schenkte sich gegenseitig ein und der Abend nahm seinen Lauf.

»Ich muss Sie vorwarnen«, sagte Gustave. »Sie werden nämlich mit einem Arzt zu Abend essen, über den wir nicht das Geringste wissen. Cécilie hat ihn eingeladen und kennt nicht mal seinen Namen.«

»Ein Arzt! Wie schön! Mein Vater war

Arzt, Medizin hat meine ganze Kindheit geprägt, ich liebe Ärzte«, rief Marcelline, als die Tür aufging und ein Mann eintrat, auf den sich sämtliche Blicke richteten. Gustave ging zu ihm und reichte ihm die Hand.

»Guten Abend, Doktor, ich bin Monsieur Dalfort.«

»Guten Abend, Monsieur, ich heiße Paul Landriyeux«, antwortete der Unbekannte, und Cécilie wurde unterdessen schwindlig. Sie taumelte und wäre hingefallen, wenn Gilberte, die als Einzige den Grund für ihr Unwohlsein kannte, sie nicht aufgefangen hätte.

»Doktor! Doktor!«, rief Marcelline, »das trifft sich gut, kommen Sie, schnell, sie wird ohnmächtig.«

Gustave drehte sich um. »Was? Was ist los? Wer wird ohnmächtig?«, fragte er und führte den neuen Gast zu Cécilie, während Monsieur Doppel-D ihr half, sich auf dem Sofa auszustrecken.

Sie war nicht in Ohnmacht gefallen, ihre

Augen waren weit geöffnet und sie machte eine unwirsche Bewegung, um die anderen zu verscheuchen. »Meine Gesundheit ist ziemlich labil, lassen Sie mich einfach in Ruhe«, sagte sie. Gustave staunte über das Verhalten des Arztes – er beugte sich nicht über Cécilie, erkundigte sich nicht nach ihrem Zustand und ergriff nicht einmal ihr Handgelenk, um ihr den Puls zu fühlen.

»Glauben Sie, dass meine Frau beim letzten Mal ähnliche Beschwerden hatte?«, fragte Gustave, ohne eine Antwort zu erhalten.

Inzwischen war Cécilie aufgestanden, Monsieur Doublard-Despaumes brachte ihr ein Glas Whisky und sagte: »Trinken Sie, trinken Sie ruhig, das ist ein Allheilmittel!« Sie trank, immer noch zitternd, lächelte, ihre Blässe verflog und Paul Landriyeux küsste ihr die Hand.

»Uff!«, entfuhr es Marcelline, »da sind wir mit dem Schrecken davongekommen.«

Im selben Moment waren aus der Diele

Stimmen zu vernehmen. »Das ist mein Bruder, der mit Odile scherzt«, erklärte Cécilie, und dann kam Alexandre Teck herein, mit der dramatischen Geste eines berühmten Mannes, dem durchaus bewusst ist, dass er sich verspätet hat. Sein Elan hatte etwas Berückendes an sich, und diejenigen, die ihn kritisierten, ohne ihn zu kennen, verfielen seinem Charme, sobald er vor ihnen erschien. Gustave war stolz, einen solchen Schwager zu haben, Gilberte bildete sich einiges darauf ein, ihn beim Vornamen nennen zu dürfen, während Nanou nur noch von dem Gedanken besessen war, ihn zu erobern, und augenblicklich zu seiner Sklavin wurde. Nachdem er alle begrüßt hatte, kehrte Alexandre zu Paul Landriyeux zurück, sichtlich bemüht, sich etwas in Erinnerung zu rufen. »Wir sind uns doch schon mal begegnet, aber wo? Ach ja, jetzt fällt es mir wieder ein«, sagte er, und dann stellte sich heraus, dass die beiden zufällig einen sehr fröhlichen Abend gemeinsam verlebt hatten.

»Wussten Sie, dass ich diese Schönheiten wiedergesehen habe? Sie doch auch? Am Morgen danach ist es aber nicht mehr dasselbe, und so habe ich schleunigst Reißaus genommen.«

»Ach! Wenn die Frauen sich mit dem Augenblick zufriedengeben könnten, in dem sie uns gefallen, und wenn sie für immer dort verweilen könnten, würden wir immerzu nach diesem Augenblick streben«, antwortete Paul.

»Was für eine Nacht! Was für ein Abenteuer! Wir sind zum Mond geflogen.«

»Ich habe eine Weile gebraucht, um zur Erde zurückzufinden.«

»Und man hat Sie bestimmt für mondsüchtig gehalten, bei der Erd-und-Mond-Gesellschaft.«

»Was? Die Erd-und-Mond-Gesellschaft? ›Im Weltraum zu Hause‹. Dann sind Sie Fliegerarzt?«, fragte Marcelline.

Paul tat so, als hätte er sie nicht gehört, aber sie fragte beharrlich weiter: »Fliegerarzt? Fliegender Arzt?«

»Nein, Madame. Ich leite eine der Abteilungen …«

»Ach so, natürlich, eine medizinische Abteilung. Sie leiten also eine medizinische Abteilung bei der Erd-und-Mond-Gesellschaft? Das ist ja hochinteressant«, sagte sie, und weil diese Fragen Paul Landriyeux offensichtlich lästig waren, wollte Alexandre die Sache beenden, indem er an seiner statt antwortete: »Paul Landriyeux ist kein Arzt, er ist einer der Direktoren der Erd-und-Mond-Gesellschaft. Das stimmt doch?«

Paul nickte. Die Angelegenheit war ihm furchtbar peinlich, und Gustave, der das Gespräch aufmerksam verfolgt hatte, behielt ihn umso stärker im Auge, als ihn sein Verhalten von Anfang an befremdet hatte. Alles Zweifelhafte stürzte Gustave in Zweifel. Um für Ablenkung zu sorgen, kippte Cécilie ein Glas um. Alles scharte sich um sie, sie verfluchte ihre Ungeschicklichkeit und Gustave flüsterte ihr ins Ohr: »Dieser Herr ist ein Betrüger und du hast mich angelogen.« Sie wusste zwar, dass er ihr im Beisein der Doublard-Despaumes keine Szene machen würde, dennoch war sie mehr tot als lebendig.

»Mir ist das noch unangenehmer als dir«, sagte sie.

»Und warum bist du in Ohnmacht gefallen?«

»Das Abendessen ist serviert«, verkündete Odile.

Um meinen Lesern eine langwierige Beschreibung zu ersparen, die sie außerdem zu der Anstrengung nötigen würde, sich Dinge vorzustellen, die selbst präziseste Bezeichnungen kaum veranschaulichen können, ist es wohl günstiger, die Tischordnung einfach abzubilden:

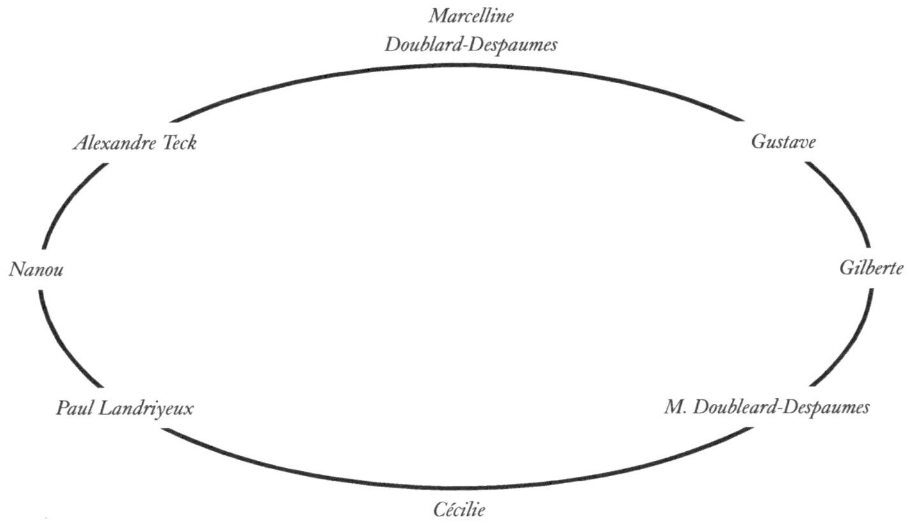
Marcelline
Doublard-Despaumes
Alexandre Teck
Gustave
Nanou
Gilberte
Paul Landriyeux
M. Doubleard-Despaumes
Cécilie

Cécilie vertrat die Meinung, das Geheimnis sei die vollendetste Form der Diskretion, doch Gustave hatte für Geheimnisse nichts übrig. In den Blicken, die Paul seiner Frau zuwarf, entdeckte er die Anzeichen einer Bewunderung, die ihm keineswegs zusagte, und weil er die beiden im Verdacht hatte, etwas vor ihm zu verbergen, suchte er und fand gleich zu Beginn des Essens einen Weg, damit sie sich nicht absprechen konnten. »Teurer Freund«, sagte er zu Monsieur Doppel-D, »berichten Sie uns von Ihrer Reise nach Feuerland.«

Dieser Bericht, den Monsieur Doublard-Despaumes auswendig hersagen konnte und bei jeder Gelegenheit weiter ausschmückte, bildete für ihn bei auswärtigen Essen den eigentlichen Hochgenuss und machte jede Art von Privatgespräch unter den anderen Gästen unmöglich. Aus reiner Höflichkeit ließ er sich trotzdem mehrfach bitten, und die Gäste hielten es aus reiner Höflichkeit für angebracht, ihn förmlich anzubetteln.

»Entgegen gängigen Vorstellungen ist es in Feuerland beileibe nicht heiß«, hob er an. »Im Gymnasium war ich kein schlechter Schüler, mein Lieblingsfach war Erdkunde, meine Lehrer waren von mir beeindruckt, in der Praxis sollte ich mich aber als Träumer erweisen. Junge Leute hören bekanntlich nur auf ihre Fantasie, ihr Einfallsreichtum beruht auf Ignoranz, und sobald sie sich für besonders kühn halten, tappen sie leider schon in die Falle, in die alle gewöhnlichen Sterblichen tappen. Sehen Sie mich an: Mit 21 vertraute ich auf meine besonderen Fähigkeiten und war überzeugt, etwas sehr Ungewöhnliches zu tun, als ich mich auf eine Heirat einließ, die doch genauso bürgerlich war wie die meiner Eltern. Meine Frau und ich hassten damals nichts mehr als die Kälte, stimmt's, Marcelline?«

»Stimmt genau.«

»Und Feuer war für mich gleichbedeutend mit Wärme, so dass der Name Feuerland uns alle Vorzüge einer idealen Temperatur zu verheißen schien, beständig hoch, und das sogar in der Nacht. Ich scheue nämlich die Kälte, die abends aufkommt, meine Frau scheute sie auch, und da wir jung waren, also arm, froren wir in Paris. Feuerland! Fata Morganas! Palmen! Orangenbäume! Mimosen! Tamarisken! Riesenblumen! Dort wollten wir uns eine behagliche Villa am Meer suchen, in einer Bucht, am Fuß eines Felsens, an einem feinen Sandstrand. Weißt du noch, Marcelline?«

»Oh ja! Mein Gott, ich sah Dinge, die nicht zu sehen waren …«

»Und so bin ich auf deinen Rat hin allein hingefahren, als Kundschafter, weil du zu erschöpft warst.«

Alexandre Teck amüsierte sich prächtig. »Und dann?«, fragte er. »Fahren Sie fort.«

»Und dann habe ich den schweren Fehler begangen, mich nicht zu informieren. Ich gestattete Marcelline, ein Medaillon zu verkaufen, das sie von ihrer Großmutter geerbt hatte, und dank dieser dürftigen Reisekasse brach ich auf, mit nichts im Gepäck als einem Tropenhelm, zwei Sommeranzügen, Leinenschuhen, einem Moskitonetz und meinem Aluminiumrad, das mir individuelle Abstecher und die erquicklichen Spazierfahrten ermöglichen sollte, die ich so gern in der Abenddämmerung unternehme. Ist Ihnen aufgefallen, dass die Strahlen der untergehenden Sonne die Eigenart haben, sämtliche Schatten in die Länge zu ziehen? Die Landschaft bekommt lauter schwarze Streifen, und wenn ich dann auf einer baumbestandenen Allee dahinradle, habe ich das Gefühl, auf einem Zebra zu wandeln.«

»Einem Zebra! Tatsächlich liegt das Exotische direkt vor unserer Haustür, in den Gräsern am Wegesrand, in den Farben und Düften, vorausgesetzt, man hat dafür Sinn. Wenn der Himmel bedeckt ist und die Schatten ausbleiben, vermissen Sie bestimmt Ihr Zebra«, sagte Alexandre Teck.

»Da haben Sie recht, mein Lieber, und das ist einer der Gründe, die mich ein sonniges

Land anstreben ließen. Feuerland! Welch Fülle von Licht und Schatten, dazu eine ausgedehnte Dämmerung! Doch Feuerland hat mich enttäuscht. Ich fuhr nach Süden, immer weiter nach Süden, weil ich logischerweise davon ausging, dort auf Hitze zu stoßen, und so entwickelte sich meine Reise Schritt für Schritt zur Erkundung eines öden, endlosen Hinterlands, ganz anders, als ich mir erhofft hatte. Das hätte jeden entmutigt außer mir, aber ich war jung, sehr jung, und das erklärt alles. Mein Fahrrad hielt den Zumutungen der holprigen Pisten nicht stand, die Reifen zerfielen in Fetzen, die Räder verformten sich und waren bald nicht mehr rund, sondern eckig, so konnten sie nicht mehr rollen. Ich musste mein Rad aufgeben. Ich beerdigte es, wie man einen teuren Menschen beerdigt, und nachdem ich eine dicke, ebenfalls tote Distel und mein letztes Glas Aprikosenmarmelade auf seinem Grab deponiert hatte, ging ich weinend davon. Die Tränen froren mir am Gesicht fest, und als ich diese kleinen, salzigen Eiswürfel von Wange und Kinn löste, konnte ich damit die Ameiseneier würzen, die eine Zeit lang meine einzige Nahrung waren. Das Klima war so rau, dass ich mich in immer dickere Pelze hüllen musste, umso dicker, als ich sehr verfroren bin. Diese Anschaffungen ruinierten mich, und so machte ich mich als Opfer widriger Umstände schweren Herzens auf den Heimweg, wobei ich das Grab meines Fahrrads naturgemäß weiträumig umging.«

Monsieur Doublard-Despaumes' Bericht war damit noch lange nicht beendet. Er verlor sich in der Aufzählung von Problemen, die er hatte lösen, und in der Nacherzählung von großen Reden, die er vor den Betreibern bizzarer Bars und ebenso bizzarer Läden hatte halten müssen, damit sie ihm Geld liehen. Dieser Erfolg an der finanziellen Front ließ ihn ermessen, wie groß seine Überzeugungskraft war, und so hatte er damals beschlossen, sich auf diesem Feld zu betätigen und Bankier zu werden.

»Als ich mich in diesem entlegenen Hafen einschiffte, glaubte ich schon, Frankreichs Küsten zu erkennen, und am Horizont sah ich unsere Fahne flattern. Der leichte Geruch nach frischem Fisch, der Geldscheinen anhaftet, wenn sie direkt aus der Druckerpresse kommen, wehte in der Meeresbrise stoßweise heran und bestärkte mich in meinen Plänen für die Zukunft. Ich wurde ein anderer Mensch, besonnener, anspruchsvoller, der sich der Tragweite seiner Einfälle stärker bewusst war. Ich wurde größer, ich wurde dicker, ich stand so gut im Futter, dass Marcelline mich bei meiner Rückkehr …«

»Gut gefüttert fand! Das stimmt, er war gefüttert«, sagte sie.

»Nein, ich war nicht gefüttert, ich stand gut im Futter. Bei dir klingt es ja so, als wäre ich ein Mantel.«

»Mantel! So ein Unsinn! Und das musst gerade du sagen! Der Mantel, den du mir von der Reise mitgebracht hast, war ein richtiges

Trauerspiel, so schwer, so düster, dass ich mich nie getraut habe, ihn überzustreifen. Bei seinem Anblick musste ich weinen.«

»Pelze sind immer traurig«, warf Cécilie ein.

»Oh, das sehe ich aber ganz und gar nicht so«, entgegnete Gilberte, »Pelze sind elegant.«

»Und Eleganz ist kein Luxus, sondern ein Trost, nicht wahr, Gilberte?«, sagte Gustave.

Das Essen neigte sich dem Ende zu, und während Gustave und die Doppel-Ds noch Etliches über Pelztierjäger, das Gerben und den Handel mit Fellen und Leder zu sagen hatten, machte Alexandre Nanou den Hof. Gilberte litt, weil sie sich vernachlässigt fühlte. Paul Landriyeux schwieg, Cécilie wandte sich zu ihm, lächelte, was wie ein Hilferuf anmutete, und Gustave, der sie bei diesem Lächeln ertappte, stand so unvermittelt auf, dass Monsieur Doppel-D sich an seinem letzten Stück Pfirsich verschluckte.

Vor der Salontür überboten die Damen

einander: »Gehen Sie nur«, »Nach Ihnen« und »Bitte«. Gustave, der das Schlusslicht bildete, hielt Paul im Esszimmer zurück.

»Ich komme direkt zur Sache. Ein Arzt sind Sie nicht, so viel steht fest, aber wer sind Sie dann und was haben Sie hier zu suchen?«, fragte Gustave.

Paul antwortete, noch nie in seinem Leben habe er sich in einer derart peinlichen Lage befunden, er gehöre der Direktion der Erd-und-Mond-Gesellschaft an und habe Madame Dalfort ein paar Tage zuvor lediglich aufgesucht, um ihr einen Brief zu bringen, den sie im Taxi verloren hatte.

»Ihr Name stand auf der Rückseite des Umschlags«, erklärte er. »Ich bewundere Madame Dalfort, ihr Porträt, das so oft in den Zeitschriften abgedruckt wird, bringt viele Leser zum Träumen. Ich hatte große Lust, sie kennenzulernen, und ich hätte nicht gedacht, dass meine Vorgehensweise, so ungehörig sie auch sein mochte, Sie kränken könnte.«

»Sie hätten Ihren Besuch doch wenigstens ankündigen können.«

»Ich habe aus einem Impuls heraus gehandelt. Das ist eine armselige Entschuldigung, aber ich habe keine andere.«

»Und wie konnte meine Frau bloß auf die Idee kommen, Sie wären Arzt?«

»Ach, Monsieur, diese Frage kann nur sie allein beantworten«, erwiderte Paul, und Gustave begleitete ihn in den Salon, wo Cécilie, die vor Angst weder ein noch aus wusste, Odile beim Servieren des Kaffees half.

Gustave gab ihr ein Zeichen, und sie zogen sich zu dritt in eine Fensternische zurück.

»Cécilie, du wusstest doch, dass Monsieur kein Arzt ist?«

»Hätte ich das gewusst, hätte ich ihn nicht eingeladen.«

»Aber du lädst nicht ausschließlich Ärzte ein?«

»Nein, aber warum hätte ich dir sagen sollen, dass er Arzt ist, wenn ich es nicht selbst geglaubt hätte? Etwa, weil ich hören wollte, wie du ihn ›Doktor‹ nennst? Selbstverständlich nicht, Gustave.«

»Und wie konntest du dich so irren, wenn Monsieur dir doch nur den Brief zurückbringen wollte, den du verloren hast? Und warum hast du mir nicht gesagt, dass er ihn dir zurückgegeben hat?«

»Er hat ihn aber nicht zurückgegeben.«

»Wieso nicht?«

»Madame Dalfort war nur spärlich bekleidet, und ich nahm an, dass sie mich aus diesem Grund nicht empfangen konnte und sogar hinauswerfen musste.«

»Nein, so war es nicht, ich hatte ja mit einem Arzt gerechnet! Mit einem Arzt, den ich allerdings genauso wenig kannte wie Sie und der nie gekommen ist.«

»Ich werde mich bei Gilberte nach ihm erkundigen«, fiel Gustave ihr ins Wort.

»Meine Gesundheit ist ziemlich labil«, fuhr Cécilie fort. »Als Sie kamen, war ich schon wieder genesen, Sie wurden nicht mehr gebraucht und ich wollte unbedingt die Anprobe beenden.«

Gustave wandte sich an Paul: »Und Sie, Monsieur, fanden Sie es nicht erstaunlich, dass meine Frau Sie vor die Tür setzt und dann zum Essen einlädt?«

»Doch, sehr erstaunlich und sehr charmant.«

»Ich war so sicher, dass Sie mit Madame Ilot befreundet sind«, erklärte Cécilie, »und mit dieser Einladung wollte ich Ihnen für Ihr Kommen danken und mich zugleich entschuldigen, weil Sie sich umsonst herbemüht hatten.«

»Du bist so leichtfertig, Cécilie, so gedankenlos ...«

»Sagen wir lieber, ich bin impulsiv ...«

»Das entschuldigt gar nichts, und ich finde es sehr merkwürdig, dass Monsieur Landriyeux nicht daran gedacht hat, sich mit einem Briefchen oder einer Visitenkarte bei uns vorzustellen, nachdem er deine irrwitzige Einladung angenommen hat. Die ganze Sache ist äußerst seltsam.«

»Oh, wenn der Zufall die Hand im Spiel hat, muss man mit allem rechnen.«

»Ja, äußerst seltsam, und dieses Seltsame war gleichsam ein Traum, aus dem ich nicht erwachen wollte«, sagte Paul, aber Gustave war mit diesen Erklärungen noch nicht zufriedengestellt.

»Und wo ist nun dieser Brief?«, fragte er.

»Monsieur Landriyeux wird ihn meinem Bruder geben«, rief Cécilie.

Paul fasste seine Brieftasche an und antwortete: »Ja, genau das werde ich tun.«

Ihr Dreiergespräch hatte nur ein paar Minuten gedauert, in denen die anderen in zwei Gruppen zerfallen waren. Alexandre hatte sich mit Nanou in eine Ecke zurückgezogen, was Gilberte in Rage brachte. Er fand sie hübsch, bedauerte jedoch, dass sie diesen gekünstelt nachlässigen Stil pflegte, den sie mit so vielen

Mädchen ihres Alters gemein hatte. Während Nanou sich selbst für exzentrisch hielt, erschien sie ihm banal, weil sie der Mode entsprach. Was er liebte, war Frische, Unschuld, Zerbrechlichkeit und alles, was sich zu verflüchtigen drohte, sobald er es nur berührte. Nanous spanische Aura gefiel ihm allerdings, und er sah, was aus ihr werden könnte, wenn er sie verwandeln dürfte. »Wer sich vernachlässigt, vernachlässigt alles, sogar das Herz«, sagte er. »Ich sehe Sie so wie in meiner Vorstellung, das heißt so, wie Sie sein könnten. Wäre ich Maler und hätte ein Porträt gemalt, um das sich eine Menge Leute reißen, wäre ich stolz auf den Erfolg meines Werks, wäre ich aber in der Lage, eine Frau zu erschaffen, die mir eine Menge Männer abspenstig machen wollten, wäre ich eifersüchtig, endlich eifersüchtig! Sie, Nanou, stünden auf der Bühne, und ich hätte unter den Zuschauern allabendlich unzählige Rivalen. Ich würde an Ihrer Treue zweifeln, und das zu meinem großen Entzücken.«

Das Doppel-D-Ehepaar und Gilberte saßen am Kamin, rührten in ihren Tassen und unterhielten sich über die verschiedenen Arten, Kaffee zu rösten, zu mahlen und zu kochen. Cécilie setzte sich dazu, Paul Landriyeux nahm neben Marcelline Doublard Platz, während Gustave, der seine Ermittlungen unbedingt weiterführen wollte, Gilberte beiseitezog.

Paul Landriyeux war Mitte dreißig. Er hatte regelmäßige Züge, einen düsteren Blick, und sein ruhiges Antlitz strahlte etwas Wildes, Romantisches und Hochempfindliches aus. Seine äußere Erscheinung entsprach ziemlich genau seinem Wesen und ließ auf einen leidenschaftlichen Mann schließen, der sich vor Enttäuschungen in Acht nimmt, der Zugeständnisse und halbe Sachen ablehnt. Er war verführerisch, aber kein Verführer. Die Frauen verliebten sich schnell in ihn, und während sie sich vor ihm fürchteten, zweifelte er an ihrer Aufrichtigkeit.

Alexandre, der mit Nanou reden wollte, ohne flüstern zu müssen, fragte, ob er das Grammophon spielen lassen dürfe. Cécilie half ihm, die Platten auszusuchen, während Paul, der ihr gefolgt war, sich zu ihr beugte und leise sagte: »Morgen. Sieben Uhr.«

»Morgen um sieben? Hier? Nein, auf keinen Fall.«

Er nannte ihr die Adresse einer Bar in der Rue Pierre-Charron. Für sie bedeutete das kein verliebtes Stelldichein, wie ihm bewusst war, und er fügte hinzu: »Sie würden alles tun, um diesen Brief zurückzubekommen. Alles, geben Sie's zu.«

»Fast alles«, murmelte sie.

In der Zwischenzeit verlor Alexandre traumversunken sein Herz an Nanou, während Gilbertes Bitterkeit wuchs und wuchs.

Cécilies lebhafte Fantasie, Marcellines gute Laune und ihr komödiantischer Schwung überwanden das Missbehagen, das sich wie ein Wurm in die Frucht dieses Abends geschlichen hatte. Sie ließen alles Mögliche und Unmögliche vergessen, die Eifersüchteleien, Ressentiments und Zweifel. Die eine wollte für Ablenkung sorgen, die andere für Heiterkeit, und Alexandre verbündete sich mit ihnen. Er stellte die Sträucher in mehreren Halbkreisen auf, sodass der Salon zu einer Theaterlaube wurde. Zunächst spielte man Scharade, dann Tableau vivant und zu guter Letzt skurrile Schwänke. Monsieur Doublard-Despaumes verkleidete sich, in einen Tischläufer gehüllt und mit einem Schal um den Kopf, als fette, bellende Dame. Nanou verkörperte eine Blumenhändlerin und verlangte für ihr Lächeln ein solches Vermögen, dass Alexandre Selbstmord beging. Gilberte und Marcelline raubten ihn aus, während Cécilie für Paul, der auf einer Bank schlief, ihr japanisches Lied sang. Gustave hingegen trank sich einen richtigen Rausch an und vergaß den Brief. Der Abend wurde zu einem großen Erfolg. Er endete in der Küche, wo munter Eier verspeist wurden, und beim Abschied tagte es bereits.

Gustave wachte beschämt auf. Er machte sich Vorwürfe, weil er zu viel getrunken hatte, und bat Cécilie, ihm sein Verhalten am Vorabend haargenau zu beschreiben. Sie sagte, er könne ganz unbesorgt sein, er sei so fröhlich und unterhaltsam gewesen, dass sie sich fast in die Zeit ihrer Verlobung zurückversetzt fühlte. »Gevatter Doppel-D konnte sich kaum auf den Beinen halten«, merkte sie an.

Nachmittags ging sie mit Alexandre am Ufer der Seine spazieren und erzählte ihm in aller Ausführlichkeit, was es mit ihrem verlorenen Brief auf sich hatte und zu welchen Lügenmärchen sie sich aus Angst hatte hinreißen lassen. Sie meinte, noch sei sie nicht ganz beruhigt, doch als Alexandre ihr anbot, sie zu dem Treffen zu begleiten, in das sie eingewilligt hatte, erwiderte Cécilie, das wäre unklug, dieses Zeichen eines, wie sich inzwischen herausgestellt habe, unangebrachten Misstrauens würde Paul mit Fug und Recht kränken. Sie kannte ihren Bruder gut genug, um seine Gedanken zu erraten, und weil sie ahnte, dass er ihr eine Schwäche für Paul unterstellte, und vermeiden wollte, dass er sie deswegen neckte, wechselte sie das Thema und sprach ihn auf Nanou an. Er machte keinen Hehl aus dem, was er für die junge Frau empfand: Ihretwegen könnte er durchaus leiden, er dachte an sie, ohne es zu wollen, und hatte sie für diesen Abend im Bois de Boulogne zum Essen eingeladen. Cécilie riet ihm, Nanou keine Hoffnungen zu machen, die in der Erinnerung mit einer Abfuhr verknüpft bleiben, und nachdem sie ihn ermahnt hatte, die Vorzüge seiner Berühmtheit nicht auszunutzen und umso größere Vorsicht walten zu lassen, als seine Berühmtheit groß war, überließ sie ihn seinen Grübeleien und betrat in der Rue Pierre-Charron um sieben die Bar, in der Paul Landriyeux auf sie wartete. Sie war zuversichtlich, beinahe entspannt, zu ihm gegangen, doch als sie ihm gegenüberstand, erfasste sie ein Schwindel, den sie einer unerfindlichen Schüchternheit zuschrieb.

»Kein Abstand ist furchterregender als der, der uns von dem ersehnten Gegenstand trennt«, sagte sie. »Heben Sie diesen Abstand auf und geben Sie mir meinen Brief wieder. Seit ich ihn verloren habe, bin ich nicht mehr ich selbst, ich fehle mir und möchte so schnell wie möglich in meine Wirklichkeit zurückfinden. Alles kommt mir so unerreichbar vor, als befände sich mein Haus am anderen Ende der Welt, als hätte sich mein Zimmer davon gelöst und segelte auf einer Wolke dahin.«

»Zimmer, was für ein geheimnisumwobenes Wort! Ist Ihnen schon einmal der Gedanke gekommen, dass es unser wahres Wesen birgt? Nur dort sind wir wirklich wir selbst, allerdings nur, wenn wir allein sind, und wir verlassen es erst, wenn wir uns maskiert haben. Jedes Mal, wenn ich jemandem auf der Straße oder in einem Salon begegne, frage ich mich unwillkürlich, wie wohl dessen Zimmer aussieht, dessen Bett. Ich male mir aus, wie die aufgehende Sonne seinen Schlaf stört, ich sehe achtlos liegen gelassene Kleider, ein morgendliches Durcheinander, eine halb ausgetrunkene Tasse Tee neben einem Strauß Schlüsselblumen, und ich stelle mir auch schlichte, karge, ärmliche Varianten vor, Studenten, die nachts aufbleiben, Liebende, die sich küssen, und alte Ehepaare, die zum fünfzehntausendsten Mal schlafengehen. Wie sieht Ihr Zimmer aus?«

»Geben Sie mir meinen Brief wieder«, sagte Cécilie.

»Ich gebe Ihnen den Brief, wenn Sie es verdienen. Sie halten mich für einen Betrüger, Sie machen anderen weis, ich wäre Arzt, und da soll ich Ihnen ohne ein Widerwort gehorchen? Sie sollten mich wegen Ihrer erbärmlichen Verdächtigungen und Lügengespinste zunächst einmal um Verzeihung bitten.«

»Meinen Sie vielleicht, es hätte mir Spaß gemacht, Sie für einen Arzt auszugeben? Ich musste wohl oder übel lügen!«

»Ich habe Sie nicht dazu genötigt, und warum sollte ich Ihnen den Brief überhaupt wiedergeben, nachdem Sie Ihr Wort gebrochen haben? Wir wollten unter vier Augen zu Abend essen. Das hatten Sie mir versprochen.«

»Versprochen! Sagen wir lieber, Sie haben mir diese Einladung abgetrotzt. Sie glauben doch nicht im Ernst, ich hätte es darauf angelegt, gestern Abend Gäste zu empfangen?«

»Nachdem ich mich erkühnt hatte, an Ihrer Tür zu klingeln, habe ich des Öfteren mit meinem Freund Roger Nimier über Sie gesprochen. Die Tatsache, dass Sie mir Geld angeboten hatten, zeigte, wie viel der Brief Ihnen bedeutet. Daraus schlossen wir auf eine Liebesangelegenheit – wenn in dem Umschlag kein weiterer, an einen anderen Mann adressierter Umschlag steckte, enthielt der Brief auf jeden Fall vertrauliche Mitteilungen oder Vorhaben, die Sie kompromittieren könnten. ›Falls Cécilie Dalfort dich am Freitag allein empfängt, wird sie alles darangesetzt haben, ihren Mann fernzuhalten, dem sie etwas verheimlicht‹, erklärte mir Roger, ›und falls er zugegen ist, wirst du im Gegenteil die Gewissheit haben, dass sie keine Geheimnisse vor ihm hat.‹ Meinetwegen machte ich mir keine Sorgen, denn sobald die Wahrheit ans Licht käme, wäre ich von jedem Verdacht frei. Und dann war Ihr Mann tatsächlich zugegen, aber er hielt mich für einen Arzt! An Ihrer unerhörten Lüge ist zu ermessen, wie unerhört Ihr Geheimnis sein muss. Ich hätte die Möglichkeit gehabt, den Brief Monsieur Dalfort auszuhändigen und Sie damit ins Verderben zu stürzen, also könnten Sie mir ruhig danken, dass ich es nicht getan habe. Sie könnten auch Ihren Fehler eingestehen.«

»Welchen Fehler? Die gute alte Post wurde schließlich nicht umsonst erfunden. Die logischen Argumente meines Mannes haben mich zu der Annahme verleitet, Sie brächten mir den Brief persönlich zurück, weil Sie ihn gelesen und seinen Wert erkannt hatten. Ist es vielleicht meine Schuld, dass die Umstände gegen Sie sprachen?«

»Sah ich vielleicht aus wie ein Betrüger?«

»So sind Sie mir vorgekommen.«

»Sicher, weil Sie aufgrund Ihres schlechten Gewissens lauter Gefahren lauern sahen. Ihre Angst hat das Bild geprägt, das Sie sich von mir machten, und wäre der Brief unwichtig gewesen, hätte mein Besuch Ihnen überhaupt nichts ausgemacht.«

»Wer den anderen täuscht, kann dem Getäuschten schwerlich einen Vorwurf machen. Wären Sie als Chinese verkleidet bei mir aufgetaucht, hätte ich gedacht: ›Ach, ein Chinese‹, und hätten Sie mir dann bewiesen, dass Sie kein Chinese sind, hätte ich nicht den geringsten Grund gehabt, mich zu entschuldigen. Ich sage es Ihnen noch einmal: Die von

Ihnen gewählten Umstände sprachen gegen Sie.«

»Und ich sage Ihnen, dass Ihr Misstrauen mir zuwider ist und Sie sich bei mir entschuldigen sollten.«

»Nicht ehe Sie mir wiedergeben, was Sie mir längst hätten wiedergeben sollen.«

»Jetzt ganz bestimmt nicht.«

Sie protestierte: »Was soll das heißen? Aber das ist ja abscheulich! Das ist gemein, hundsgemein, geradezu verbrecherisch! Oh, ich bitte Sie, seien Sie nicht so gemein.«

»Heute bin ich vielleicht gemein, beim nächsten Mal werde ich mich aber nach Kräften bemühen, es nicht mehr zu sein ...«

Cécilie schäumte vor Wut, sie war ihm böse und trotzdem ließ sie sich darauf ein, ihn am nächsten Tag wiederzusehen.

Als sie nach Hause kam, lief Gustave in der Diele auf und ab. Sie hatte sich verspätet, er war verärgert und wollte wissen, wo sie gewesen war. Sie antwortete, sie sei mit Alexandre die Seine entlanggeschlendert. »Ich weiß zwar nicht, welches Lied so ein Fluss für Verliebte singt, aber der Klang lockt sie zweifelsohne an. Verzeih, dass ich dich warten ließ, du stirbst sicher vor Hunger.« Sie zog die Handschuhe aus, kämmte sich rasch und ging ins Esszimmer voran.

Er hatte sich noch nicht von den gestrigen Exzessen erholt, doch so nebulös seine Erinnerung an diesen langen Abend war, hatte er manches beobachtet, was sich in seinem Gedächtnis eingegraben hatte und ihm auch jetzt keine Ruhe ließ. Für seinen Geschmack war Cécilie mit Paul Landriyeux zu vertraulich umgegangen, während Alexandre Gilberte zu sehr vernachlässigt und Nanou zu sehr umworben hatte. Gustave war überzeugt, dass Nanou sich Illusionen hingeben, dass Alexandre sie so schnell vergessen würde, wie er sie für sich entdeckt hatte, und dass das Ganze böse enden würde.

»Ich will nicht, dass irgendeine Peinlichkeit unser Verhältnis zu den Doublard-Despaumes trübt. Sobald sich eine Frau ernsthaft in deinen Bruder verliebt, wird er ihrer überdrüssig, das wird bei Nanou genauso der Fall sein wie bei allen anderen. Die arme Gilberte ist längst nicht die Einzige, die seiner Verführungskraft erlegen ist«, sagte er.

»Oh, Gilberte lässt sich bestimmt leicht verführen. Sie hatte schon unzählige Liebhaber.«

»Viele Liebhaber bedeutet viel Unglück«, entgegnete er und ging gleich zu Bett, ohne im Salon zu verweilen.

Cécilie versorgte noch ihre Pflanzen, dann öffnete sie das Fenster und stützte sich auf die Brüstung. Sie sah einen Tisch unter den Bäumen des Bois de Boulogne, mit zwei Gedecken auf weißem Tuch. Zwei Gedecke für einen Mann und eine blutjunge Frau, in der das Leben selbst erstrahlte, genau wie in den Blüten der Kastanie. Rosarote Pyramiden vor nachtblauem Hintergrund, langes Haar, das helle Schultern streift, und kleine, federleichte Füße, die keine Spuren hinterlassen. Wenn Gefahren, die einer Gestalt drohen, den Geist in Unruhe versetzen, ist das Herz, stets empfänglich für den Zauber des Brüchigen, bereit zum ewigen Bund, als hätte Liebe die Macht, Treuegelübde einzuhalten. Angesichts der Zukunft, die sich vor einem anderen erstreckt, dürfte jeder ermessen, in welchem Gefängnis er selbst steckt. Cécilie dachte an ihren Bruder. »Er wird immer Gefallen daran finden, Worte, Betonungen, ja sogar Gefühle zwischen den Zeilen eines bereits beschriebenen Blattes einzufügen, doch jetzt lockt ihn ein weißes Blatt, das er mit einer vollkommen keuschen Zeichnung bedecken könnte«, sagte sie sich just in dem Augenblick, als Alexandre und Nanou im Cabriolet über die Fahrbahnen des Bois de Boulogne glitten wie in einer Jacht, zur Hauptinsel des Waldes, dem Pré Catelan.

Wie durch ein Wunder haben die Kriege diesen Garten verschont, in dem man die

Stimme senkt, als wollte man niemandes Ruhe stören. Hier ruhen nicht die Stunden an sich, sondern eine bestimmte Stunde, und man fühlt sich dort wie am Genfer See, wo Damen, die das *r* leicht rollen und mit ihrer gelassenen Pünktlichkeit die Anmut von Genesenden aufweisen, auf der Wiese unter Bergahorn und Zeder den Schatten des Schattens suchen, wenn fast unsichtbare Silberblümchen von klirrenden Teelöffeln stieben. Während ihre für gewöhnlich sehr dunkelhaarigen Gatten im Gehrock Zigarren- oder Straßenbahngeschäfte durchführen, knabbern diese Damen an einem Zuckerveilchen und rauchen eine Zigarette mit orientalischem Tabak, die ihnen von ehemaligen Diplomaten der Hohen Pforte verehrt wurde. Ihre Blicke sind voller Arznei, und wenn sie rufen: »Mein Herz! Mein Herz! Wo ist mein Herz?«, sieht man winzige Hunde auf sie zurennen, mit Augen so groß wie der Bauch, sie duften nach Jicky oder Hammam Bouquet, ein Zeichen der Treue, das ihre Frauchen den stets abwesenden Herrchen widmen. Manchmal haben sie einen Sohn, niemals älter als neun oder elf, um den sie Ärzte und Okulisten versammeln. Dieses Kind liebt die Trauer, wäscht sich mit Rosenessenz aus Isfahan, sammelt antike Münzen, trinkt teures lauwarmes Wasser und isst immer nur Obstsalat mit Ananassauce. Teilt man der Mutter mit, dass ihr Sohn wächst oder Fortschritte macht, antwortet sie: »Sie sollten besser die *Abhandlung über phylosophisch-linguistische Binsen* von Professor Cigis Esolmann lesen, dann wüssten Sie, dass das Wort ›Fortschritt‹ nichtssagend ist. Ein festgefahrener Begriff. Im Fall meines Sohnes handelt es sich nicht um Fortschritt, sondern um Übersteigerung, ein anschaulicher Ausdruck, der einer maßlosen Neigung entspringt.«

Im Pré Catelan hatte der Schlachtenwind die Tüllschleier von den Hüten der Spaziergängerinnen geweht, die goldenen Glöckchen an den Halsbändern ihrer Hunde läuteten den

Untergang einer Epoche ein, und wegen der Kanonenschüsse, die den Männern einst die Hüte vom Kopf rissen, müssen die Damen nun auf deren galanten Gruß verzichten, dennoch haben die Kriege, die bekanntlich jeden Rasen vergilben, Bäume mit Efeu überziehen und die Gärten – die Salons der Natur – durcheinanderbringen, den Pré Catelan verschont, und man sieht dort bis heute in ihren Sesseln hingegossene Damen, die Beine von einem Vikunjaschal umhüllt, die Werke von Professor Cigis Esolmann lesen, neben einem Strauch, an dem die letzte Rose des Sommers oder die erste Rose des Frühlings erblüht. Das Restaurant, das in diesem Garten emporragt, ist abends hell erleuchtet und erinnert an die Kursäle, die in den botanischen Gärten deutscher oder helvetischer Kurorte funkeln. Recht sanfte Melodien tönen die Nacht blau und die Horizonte werden zu Nischen. Man vergisst den weiten Herbst und die Hände, die welke, allesamt signierte Blätter zusammenknüllen, man vergisst die Meereswüsten, die ständig in Bewegung sind, und die großen Hasen, die in Waldesnähe auf dem Ackerland hocken. Die Versuchungen lassen nach, die Auseinandersetzungen lösen sich auf und es liegt eine gewisse Alkovensüße in der Melancholie des Glücks.

In dieses Restaurant führte Alexandre Nanou. Sie trug ein Kleid aus gestärkter Spitze, sah sich im vagen Bewusstsein unbestimmter Pläne und diffuser Hoffnungen, die ihr Herz ihrer Vernunft unterbreitete, freudig um und klatschte in die Hände, ohne dass ihre Finger sich berührten, wie ein Kleinkind, das etwas Verlockendes sieht und danach greifen will. Viele Frauen hatten Alexandre die Nächte verschönert, doch bisher hatte er noch nie von der blauen Blöße der Unschuld geträumt, und er zitterte bei dem Gedanken, dass jemand ihm Nanou entreißen könnte. Er hatte sie für sich bestimmt, er war nicht mehr Herr seiner selbst und hatte es so eilig, sie in den Armen zu halten, dass er sie keine fünf Minuten später zum Tanzen aufforderte.

»Wissen Sie, was Sie sind?«, fragte er.

»Nein.«

»Tja, Sie sind meine schöne Neuigkeit. ›Schöne Neuigkeit‹ – so wird der Titel meiner nächsten Operette lauten. Ich werde sie Ihnen zueignen, und Sie werden sie singen.«

Im Laufe des Abends erzählten sie sich so einiges, oft im Stillen, und als alle Gäste gegangen waren und das Orchester nur noch für sie beide spielte, lehnte sich Nanou ans Klavier und sang für ihn, ganz wunschgemäß und mit großer Keckheit.

Alexandre Tecks Wohnung in der Rue Parmentier in Neuilly war ebenerdig und ging zu einem gräulich gekachelten Hinterhof hinaus. Dieser ziemlich kalt anmutende Hof wurde am nächsten Tag von Gilberte in einem Tempo durchquert, das von rasender Wut zeugte. Sie blieb vor dem Fenster stehen, sah Alexandre an seinem Schreibtisch arbeiten und klopfte gegen die Scheibe. Als er ihr die Tür aufmachte, merkte sie seinem Lächeln an, dass sie ungelegen kam, aber sie tat so, als ob nichts wäre, und trat ein. Auf dem Kaminsims stand in einem Glas eine rote Rose, die ihr gleich ins Auge fiel. Es war eine *Nightclub*-Rose, von Nanou dem Strauß entnommen, den er ihr am Vorabend geschenkt hatte, und von ihm fürsorglich ins Wasser gesteckt. Gilberte ging darauf zu, beugte sich vor, als wollte sie den Duft erschnuppern, packte die Rose, zerquetschte sie, warf sie auf den Boden und trampelte darauf herum. »Sie hat es nicht anders verdient«, sagte sie.

Alexandre wies ihr die Tür. »Ich bin nicht da, und ich kann es nicht leiden, wenn in meiner Abwesenheit jemand hier ist«, erwiderte er, aber sie rührte sich nicht von der Stelle.

»Freunde von mir haben Sie gestern Abend gesehen, spät, sehr spät, in Gesellschaft eines ganz jungen Dings …«

»Ich brauchte mich nicht zu verstecken.«

»Und genau darum tut mir das junge Ding leid, denn wenn Sie es eines Tages betrügen, werden Sie sich nicht einmal um Diskretion bemühen.«

»Betrügen? Sie betrügen sich nur selbst, Gilberte.«

»Weil ich Sie liebe?«

»Nein, weil Sie sich einbilden, mich zu lieben. Seien wir doch vernünftig. Liebe haben wir einander nie vorgegaukelt, es dreht sich hier also nicht um das Ende einer ernsthaften Beziehung, sondern einer jener lustvollen Tändeleien, die umso angenehmer sind, als sie uns weder das Herz noch die Freiheit rauben. Lustgenossen haben durchweg gute Gründe, Freunde zu bleiben, egal, durch welche Umstände sich ihr Verhältnis ändert.«

»Lustgenossen! So sehen Sie das also! Und was ist mit meinem Stolz?«

»Ach! Und ich fürchtete schon, es ginge um Ihr Herz.«

Weil Gilberte dringend mit Cécilie sprechen, sie vor allem dringend bitten wollte, Alexandre nicht in seiner neuen Romanze zu bestärken, ging sie zum Haus der Dalforts, wo Gustave erstaunt war, sie allein erscheinen zu sehen – hatte Cécilie ihm nicht gesagt, sie wolle den Abend mit ihr verbringen?

»Wahrscheinlich ein Missverständnis«, meinte er.

Gilberte, sonst so unbeschwert, war trübsinnig und nervös, und da Gustave ihr vorschlug, auf Cécilie zu warten, und sie umgehend Trost brauchte, erzählte sie ihm von ihrem Groll. Er stimmte voll und ganz mit ihr überein, und während er die Leichtfertigkeit seines Schwagers beklagte und dessen unzählige Liebesabenteuer Revue passieren ließ, dehnte Cécilie ihr Treffen mit Paul Landriyeux aus. Mehr als eine Stunde saßen sie schon beisammen und sie brachte es einfach nicht fertig, zu gehen, auch wenn er sie keineswegs zurückhielt. Bei der Begrüßung hatte sich Cécilie die Hand wie einen Schutzschirm vors Gesicht gehalten und gesagt: »Nicht vor Ihnen verstecke ich mich, sondern vor mir. Ich will meinen Brief, ich will jetzt gehen und ich will Sie nicht wiedersehen.«

»Nie wieder?«

»Nie wieder.«

»Und Sie gehen jetzt?«

»Ja.«

Da hatte er Fotos von ihr auf den Tisch geworfen, lauter Zeitschriftenausschnitte. Sie beugte sich über die Bilder, nahm dann Platz und hörte ihn sagen, Frauen, die ihr Foto in Zeitschriften abdrucken ließen, setzten sich damit bereitwillig den Blicken Hunderter Männer aus, die in Gedanken über sie verfügten.

»So zurückhaltend sie sich auch geben mögen, geben sie sich ohne Zurückhaltung hin, dringen in unsere Vorstellungswelt ein, das heißt, bis in unseren Daseinskern, und gewähren uns so eine einzigartige Form von

Zweisamkeit. Und dabei sollen wir es bewenden lassen? Sie sind ungefragt in mein Leben getreten und werfen mir nun vor, ich hätte Sie unerlaubt aufgesucht? Sind diese Bilder Einladungen, die man etwa nicht annehmen darf? Wort für Wort, Schritt für Schritt – Worte bringen schließlich das Denken in Gang und ins Stolpern – bin ich Ihnen auf jeder Ihrer Reisen gefolgt.«

»Ach! Dann haben Sie mich in die großen Gewächshäuser von Lissabon begleitet …«

»Und in das Kutschenmuseum, wo Sie mir erklärt haben, dass Museen selbst dann Garagen sind, wenn sie keine Wagen enthalten, und dass diese kleinen Gehäuse, die noch voller Grüße und Herzklopfen stecken, Ihnen leidtun.«

»Tatsächlich sind diese fröhlich runden Räder traurig, wenn man ihnen das Rollen verbietet.«

»In einer anderen Gegend haben Sie beim Anblick von Ochsenkarren, die mit riesigen

Rindenstücken der Korkeiche beladen waren, gerufen: ›Man hat die Waldgeister ihrer Rüstung beraubt.‹ Ich weiß noch, dass Sie sich einen weiten Hirtenmantel mit doppelter Pelerine gekauft haben.«

»Ein Alentejana-Cape!«

»Tragen Sie es noch gelegentlich?«

»Wenn es Winter wird.«

»Und als wir in Alcobaça ankamen, beklagten Sie, dass ein napoleonischer Soldat die Nase von Inês de Castro, der steinernen Gioconda, eingeschlagen hatte. ›Alle Giocondas sind Träumerinnen, aber wo sind sie?‹, und in Coimbra, wo die Landschaft bei Dämmerung toskanisch leuchtet, haben Sie die Studenten betört. ›Mit ihren langen schwarzen Umhängen trauern sie im Voraus um die Wissenschaft, wie die schwarzbemützten Bauern im Voraus um ihren Esel trauern.‹ Das habe ich von Ihnen gelernt, und mit Ihrem Lippenstift haben Sie an eine Gipswand geschrieben: ›Man trauert im Voraus.‹«

»Die Studenten, die Bauern, die Dämmerung, die Esel – das habe ich alles wieder vor Augen, aber ich kann mich nicht erinnern, irgendwen betört zu haben.«

»Sie haben mich zur Weißglut gebracht.«

»Ah, deswegen haben Sie geschmollt, als wir in diesem Gasthaus auf dem Hügel zu Abend aßen. Ein paar Gitarristen spielten Fados und wir waren entrückt, völlig entrückt … nicht wahr?«

»Die Liebe entrückt und ich liebte Sie bereits.«

»Oh nein!«

»Sie wollten mich verführen und Sie haben mich verführt. Im Erfolg liegt das Risiko. Wissen Sie noch, wie wir mit dem Schiff von Lissabon nach Bordeaux zurückgekehrt sind, wo Sie alle Blicke auf sich zogen? Ihr blaues Kostüm war Ihr persönlicher Wahrheitsbrunnen, und Sie entsprangen ihm splitterfasernackt.«

»Und weil die Wahrheit sich erkältet, sobald sie ihren Brunnen verlässt, habe ich einen Schnupfen bekommen«, sagte Cécilie und tat so, als müsste sie niesen.

»In Holland glitten die Segelschiffe haarscharf an den Einkaufsstraßen vorbei, und Fahrradklingeln markierten die Sekunden, während die Zeit bummeln ging.«

»Ein herrliches Europa war das! Und wenn man in Amsterdam das Restaurant Bali besuchte, war man in Bali. Ach, die Welt findet sich überall in losen Teilen, doch Delft befindet sich nur in Delft, und auf der Antiquitätenmesse gab es einige Objekte deutscher Schmiedekunst, die ich gern erworben hätte, aber ich hatte kein Geld, es war nicht viel los und der Händler hatte anderes im Sinn, als mir Geschenke zu machen. Abends, an einem dieser Strände, zu denen das Meer Abstand hält, färbte sich meine blasslila Bluse grau, Émile Verhaeren, der dort spazierte, blieb stehen, als er mich sah. Er legte mir die Hand auf die Schulter, seine Wange streifte meine, und er sprach in der Vergangenheitsform über die Gegenwart, wie alle Dichter.

An jenen goldenen Abenden in Flandern und
Zeeland,
Wenn Eltern ihrem Nachwuchs erzählten,
Dass Jesuskinder auf dem Meer wandeln.

»›An jenen goldenen Abenden in Flandern und Zeeland …‹«, wiederholte Paul, und dann sahen sie sich an.

»Eines Nachts sind Sie zu mir gekommen, in Paris«, sagte er.

»Stimmt. Sie hatten eine Zeitschrift genommen, wie man ein Taxi, den Bus oder den Zug nimmt, doch im Gegensatz zu den Fahrgästen, die diese Verkehrsmittel nutzen und ihr Ziel kennen, wissen Zeitschriftenpassagiere nie, wo sie landen werden. An jenem Abend reiste ich in Ihrer Zeitschrift mit, Sie haben mich in die Tasche gesteckt und so bin ich bei Ihnen zu Hause angekommen, ohne es zu wollen.«

»Ja, genau so, wie eine Versuchung, die Liebe hervorlockt.«

»Oh! Versuchungen sind in meinen Augen lediglich die Folgen einer unergründlichen Erschöpfung. Auf Wiedersehen. Jetzt heißt es: Rette sich, wer kann. Ich möchte an nichts glauben, weil Zweifel für mich die einzige Entschuldigung sind. Zweifeln ist meine Art zu leiden und mich zu trösten. Geben Sie mir aber bitte meinen Brief zurück. Wenn ich ihn verloren habe, könnte Ihnen das Gleiche passieren, und dann finge mein Unglück wieder von vorn an.«

»Keine Sorge, Ihr Brief ist vor jedem Zufall, jeder Nachlässigkeit und Zerstreuung sicher.«

Cécilie warf ihm vor, sie zu verspotten, aber ihre Wut war nur vorgetäuscht, und weil sie Angst hatte, es könnte ihm auffallen, sprang sie auf und stürzte davon.

Als sie zu Hause ankam, sagte ihr Odile, die nach ihr Ausschau gehalten hatte, Madame Ilot sei lange bei Gustave geblieben und nun warte er ungeduldig.

»Ali Baba«, wisperte Cécilie. »Sagen Sie ihm, ich sei in meiner Höhle, Sie hätten mich nicht heimkommen sehen und eben erst entdeckt, als Sie die Fensterläden schließen wollten.«

Sie ging die Treppe hoch und hakte dabei ihr Kleid auf, schlüpfte in einen Bademantel, zerraufte sich das Haar und setzte sich an ihre Frisierkommode. Gustave hörte sie im Bad vor sich hin trällern, er trat ein und fragte sie, wann sie nach Hause gekommen sei, sie antwortete, sie habe sein Tête-à-Tête mit Gilberte nicht stören wollen. Er kam zu dem Schluss, sie wäre eifersüchtig, und fühlte sich geschmeichelt.

Cécilies Verhalten im Lauf der nächsten Tage weckte das Misstrauen ihres Mannes. Da sie sich zu Paul Landriyeux hingezogen fühlte,

Neugier auf die dunkle Zärtlichkeit verspürte, die sie in ihm erahnte, und seinen undurchdringlichen, unbeugsamen, ja fast furchteinflößenden Charakter als reizvolle Herausforderung empfand, hatte sie an der bedrohlichen Lage Geschmack gefunden, und auch wenn sie sich bemühte, weiterhin Interesse zu zeigen für das, was sie bisher interessiert hatte, und ihre Heimlichtuerei einzuschränken, hatte ihr Leben nur in jenen Momenten einen Sinn, in denen sie nicht ihrem Gewissen folgte, sondern ihrer Neigung.

Ihrem Bruder erzählte sie von diesen Treffen, so wie er ihr von seiner Liebe zu Nanou erzählte. Auf seine Bitte hin suchte sie Nanous Mutter auf, um Hochzeitspläne zu besprechen, die Marcelline freudig begrüßte, obwohl sie eine solche Verbindung kaum für möglich hielt, die Monsieur Doppel-D umso absonderlicher erscheinen musste, als materielle Interessen dabei nicht die geringste Rolle spielten. Cécilie nutzte diese Ereignisse als Vorwand, selbst dann auszugehen, wenn sie üblicherweise zu Hause war, und war so unvorsichtig, Gilberte zu vernachlässigen, die ihr zürnte, weil sie Alexandres Romanze begünstigte, und nun Gustaves Nähe suchte, der seinerseits immer misstrauischer wurde. Madame Ilot sah in ihm einen möglichen Protektor, vielleicht sogar mehr, aber sie wartete auf den richtigen Moment, und so trat sie bei ihren immer häufiger werdenden Besuchen wie eine fromme Visitantin auf – eine schick herausgeputzte Visitantin allerdings –, um Gustave abends Gesellschaft zu leisten. Sie war hübsch, sie konnte sich aufmerksam und mitfühlend zeigen, und er hielt sie für tapfer, weil sie heiter war, außerdem glaubte er, sie wäre in ihn verliebt. Damit erklärte er sich auch die zuweilen etwas heimtückischen Andeutungen, zu denen sie sich in Bezug auf Cécilie hinreißen ließ, doch ohne jemals anzunehmen, dass Gilberte absichtlich Zweifel säen wollte.

»Sie sind allein? Cécilie ist ausgegangen?

Wie kann es sein, dass Sie immerzu allein sind, ganz allein?«, sagte Gilberte. »Nicht dass ich es beklage, obwohl doch, denn ich wollte ja Cécilie besuchen. Wenn ich einen Mann hätte wie Sie, würde ich mich ausschließlich nach ihm richten. Ja wirklich, nichts täte ich lieber, als den Mann zu verwöhnen, der mich verwöhnt, ich wüsste, was ich ihm schuldig bin, und das würde mir schon reichen zu meinem Glück.«

»Cécilie ist mir gar nichts schuldig, und das ist noch stark untertrieben.«

»Aber Sie sind nicht glücklich …«

»Ich bin besorgt.«

»Und das reicht Ihnen?«

»Nein.«

Beim Ergründen der Schwierigkeiten, die Cécilies jüngste Veränderungen ihm bereiteten, hatte Gustave begriffen, dass eine wütende Geste genügen würde, um ihn dessen zu berauben, was sein Herz und zugleich seinen Stolz nährte, und als Gilberte einmal bemerkte, dass die Leute anhand von Fassaden gern ganze Romane bauten, fragte er sie, worauf sie eigentlich anspielte.

»Mein lieber Gustave, verlässt man sich auf den äußeren Schein, könnte einen manch innige Freundschaft durchaus zu irrigen Schlüssen verleiten.«

Ihm fiel ein, dass er ihr erzählt hatte, Paul Landriyeux habe Cécilie mehrmals aufgesucht und er selbst habe die beiden zusammen in der Ali-Baba-Höhle angetroffen, wo seine Frau für gewöhnlich keine Besucher empfing. Sie saßen nebeneinander und blätterten in einem Bildband, was ihm, Gustave, missfallen habe, und als er Cécilie darauf ansprach, habe sie geantwortet, er sehe Gespenster.

»Und weil er seitdem nicht mehr hierherkommt, ist sie fast nie zu Hause, wenn die Herren ihre Büros verlassen«, hatte Gilberte entgegnet.

Tatsächlich hörte Gustave, wenn er abends nach Hause kam, von Odile mal, dass

Cécilie im Kino sei oder Monsieur Teck sie abgeholt habe, mal, dass sie Schlittschuh laufen sei oder eine Freundin aus Kindheitstagen sie in die Banlieu eingeladen und zum Abendessen dabehalten habe.

»Wo ist sie? Wissen Sie das überhaupt?«, hatte er Odile eines Abends gefragt.

»Madame ist beim Friseur.«

Gustave nahm das Auto und fuhr zu Guillaume, wo niemand Cécilie gesehen hatte, bei seiner Rückkehr war sie aber wieder zu Hause, und er teilte ihr mit, er habe es satt.

»Ja, ich habe es satt, traurig zu sein.«

Diese Worte versetzten ihr einen Stich.

»Oh nein! Du kannst mich ruhig ausschimpfen, aber sei bitte nicht traurig«, sagte sie.

Er erklärte, sie habe sich in den letzten zwei Wochen sehr verändert und bereite ihm Kummer. Er klagte, er müsse ständig auf sie verzichten, denn sie sei immer abwesend, sogar bei Anwesenheit, und dann fragte er sie nach diesen Freundinnen aus Kindheitstagen, über die sie nie gesprochen hatte und die urplötzlich wieder auftauchten. »Warum lädst du sie nicht zu uns ein, anstatt zu ihnen zu fahren? Das gilt auch für Alexandre und Nanou: Warum musst du sie ausgerechnet am späten Nachmittag treffen und dich bis neun mit ihnen aufhalten, wenn sie doch ohne Weiteres bei uns zu Abend essen könnten? Samstag und Sonntag hast du keine Sekunde stillgesessen, du hast dich offensichtlich gelangweilt und hattest zu nichts Lust. Vielleicht bin ich kein guter Unterhalter, aber es ist das erste Mal, dass du mich das spüren lässt. Man könnte meinen, du liebst dein Haus nicht mehr, deine Ali-Baba-Höhle, deine kindlich-ernsten Spiele. Du hast mich mit deinem Verhalten oft aus der Fassung gebracht, ohne mich zu beunruhigen, aber jetzt vermute ich, dass du mir etwas oder jemanden verheimlichst, der dir inzwischen mehr bedeutet als ich.«

Sie beteuerte ihm, er quäle sich ohne

Grund, sie liebe ihn nach wie vor und es sei Alexandres Verlobung, die ihren gewohnten Tagesablauf störe. »Wir stöbern ständig in den Geschäften und bei den Juwelieren, und es gibt natürlich so endlos viel zu bereden. Das reißt mich für eine Weile aus dem eintönigen Alltag, es macht mir Spaß und macht mich traurig zugleich, ich vergesse die Uhrzeit, und das tut mir wirklich leid.«

So hohl diese Entschuldigungen waren, schienen sie Gustave dennoch zufriedenzustellen.

An diesem Abend litt Cécilie entsetzlich. Was Gustave ihr auf so sanfte Weise vermittelt hatte, klärte sie über die Gefühle auf, die sie sich bisher nicht einzugestehen wagte. Ihr wurde bewusst, dass sie Paul liebte, sie erschrak über den Stellenwert, den er mittlerweile in ihrem Leben einnahm, und obwohl Gustave in ihren Augen bisher nur Opfer fehlgeleiteter Gefühle war, empfand sie für ihren Mann ein tiefes Mitleid, dessen Wucht und Bedeutung unmissverständlich waren. Sie hatte das Bedürfnis, ihn über ein Unglück hinwegzutrösten, von dem er nichts ahnte, sie zog ihren Kimono an und sang ihm *Die Japanerin* vor, um ihm eine Freude zu machen. Sosehr sie sich auch bemühte, war es doch nur eine Komödie, verkleidete Traurigkeit, die der Traurigkeit etwas vorspielte, eine Illusion, wehmütige Nachstellung einer Zeit, die durch die Erinnerung etwas Verzweifeltes bekam. An ihren Lidern schimmerten Tränen, die ihre Augen weiteten und ihrem Blick eine überirdische Schönheit verliehen. »Mir tut der Kopf weh, den ich verloren habe«, murmelte sie später in ihrer Ali-Baba-Höhle, und allein in diesem Raum, in dem sie sich nicht mehr wiederfand, erkannte sie die Gefahren, die das Ziel ihrer Sehnsucht barg. Sie nahm sich vor, der Anziehung zu widerstehen, die vielleicht nur eine dieser heftigen Launen mit oft verheerender Wirkung war. Ihr Vorsatz hielt aber nicht lange vor.

Paul hingegen traute ihr nicht und sah in ihrer Bereitschaft, stets zu ihm zu eilen, lediglich einen Trick, den sie zwangsläufig anwenden musste, weil sie sich jenen Brief wieder aneignen wollte, den er als Mittel zum Zweck benutzte, sie wiederzusehen, ja sogar, sie an sich zu binden.

»Ich glaube nicht, dass sie aufrichtig ist«, sagte er zu Roger Nimier. »Frauen sind zu allem fähig, um das zu bekommen, was sie wollen, und selbst die Klügsten von uns fallen auf die Unschuldsmiene herein, die sie so meisterhaft beherrschen. Cécilie will mich erweichen, sie würde *alles* tun, damit ich ihr diesen Brief zurückgebe, und sobald ich das getan habe, wird sie mir den Rücken kehren.«

»Und das mit gutem Grund«, antwortete Roger, während Cécilie bei der Vorstellung zitterte, Paul könnte den einzigen Vorwand aus der Hand geben, der ihr erlaubte, ihn zu treffen.

Gustave wurde zunehmend reizbarer. Es

kränkte ihn, dass Cécilie angesichts der täglichen Besuche von Gilberte Ilot keine Eifersucht zeigte, während Odile, die über etliche Lügen im Bilde war und Gilberte nicht mochte, für Gustave ebenso viel Mitleid empfand wie für Cécilie und die schlimmsten Katastrophen vorhersah.

Unterdessen suchte Cécilie ihren Bruder auf. »Du darfst verliebt sein, deine Zukunft liegt noch vor dir, aber was soll ich tun?«, sagte sie.

»Du hast dich verliebt, endlich! Umso besser«, erwiderte er.

»Ich liebe Paul.«

»Tu das, sollen sich die anderen zum Teufel scheren.«

»Oh nein, nicht zum Teufel, sondern in ein Paradies, das die Reue anlegen könnte und das sich als das schönste aller Paradiese entpuppen würde. Seit ich Paul liebe, trachte ich ständig nach Gustaves Glück. Früher habe ich kaum daran gedacht. Das Schlimme ist, ich liebe

Gustave aus ganzem Herzen und trage in mir ein zweites Herz voller Leidenschaft für Paul.«

»Und Paul vergöttert dich ...«

»Da bin ich mir nicht so sicher ...«

Während er ihr zuhörte, erfuhr Alexandre, dass Liebe mit Bedenken und Zwängen einhergehen konnte, die ihm fremd waren. Liebe war für ihn stets ein Spiel gewesen, er kannte von ihr nur die Sinnenfreude, Entspannung und flüchtige Grausamkeit, er fand Cécilie ziemlich überspannt, sie verhalte sich wie eine Bettlerin, die ein verheißungsvolles Almosen in den Wind zu schlagen drohte, sie mache aus einem Glücksfall ein Drama, und anstatt gegen ihre Gefühle anzukämpfen, solle sie sich lieber daran erfreuen, zu lieben und geliebt zu werden.

»Wen willst du denn betrügen?«, fragte er. »Paul mit Gustave oder Gustave mit Paul?«

»Ich wollte, ich könnte nur mich betrügen.«

»Genau das tust du, wenn du jammernd

zwischen zwei Männern schwankst. Sei ehrlich zu dir selbst und triff eine ehrliche Entscheidung. Wenn du dich für Gustave entscheidest, musst du zu ihm stehen, und wenn du dich für Paul entscheidest, wird sich Gustave morgen, übermorgen oder in wenigen Wochen von dem Schlag erholen, den du ihm versetzt hast, sei es aus Stolz oder aus einem anderen Grund. Falls er allein bleibt, wird alle Welt zu ihm halten und Doublard wird deinen Mann befördern, weil du ihn verlassen hast. Falls er wieder heiratet, wird er dich kritisieren, was seine neue Gattin besonders freuen dürfte. Gilberte ist wie dafür gemacht, ihn zu trösten und eine richtige Madame Dalfort zu werden.«

»Ja, ich weiß«, sagte sie und beneidete unwillkürlich die Frau, die sie künftig unter ihrem eigenen Dach ersetzen, ihre Treppe hinaufsteigen, an ihrem Tisch zu Abend essen und in den Räumen wohnen würde, die sie bewohnt hatte.

In ganz Paris gibt es kein schöneres Restaurant als das der Gare de Lyon. Man stelle sich einen weitläufigen, rechteckigen, üppig ausgestalteten Saal vor, mit einer Korbbogendecke, die zwei Meter über dem Boden anzusetzen scheint. Während der Höhenflug mancher Maserung von Maskaronen mit sanftmütiger Fratze beschützt wird, stützen die Sirenen, sagenhafte Karyatiden, in dieser Architektur einzig und allein die Träume des Reisenden. Wohl aus Furcht, seinen Zug zu verpassen, wenn er ihren Reizen erliegt, richtet er den Blick mit aller Macht auf die opulenten und pompösen Stuckaturen, die Alltagsszenen aus Südfrankreich einrahmen, von etablierten Künstlern der Jahrhundertwende in Öl gemalt. Je höher sein Auge wandert, desto mehr Zerstreuung findet es, weil an der Decke Gemälde unterschiedlicher Form und Größe – Landschaften oder Allegorien – in einer Reihe von Kassetten eingelassen sind, den Gesetzen der Symmetrie folgend und ihre Eintönigkeit durch die abwechslungsreichen Proportionen zugleich konterkarierend. Im hinteren Teil, gegenüber dem Eingang, sitzt die Kassiererin in einem gläsernen Kiosk, beherrscht von einem Vollmond, den man seiner Zeiger wegen als Uhr bezeichnet, und von diesem erhabenen Thron aus überwacht sie das Kommen und Gehen der Ober und Kellner, die sich zwischen den Gästen und einer großen, von Grünpflanzen überschatteten Anrichte hin und her bewegen. Die Tische stehen, mit einigen Stühlen umgeben, vor Doppelbänken aus Okoumé und braunem Leder, deren dicke Lehne die beiden Seiten zugleich trennt und verbindet. Diese stets gedeckten Tische, diese von Garderobenständern flankierten und mit Messingstangen gekrönten Sitzbänke bilden auf dem ozeanischen Parkett lauter Inselchen, akkurat gereiht, fest verankert, würdevoll wie alles Gewichtige und weit genug auseinander, um ungestörte Gespräche zu erlauben. Der Saal wird links und rechts durch drei sehr breite Rundbogenfenster erhellt, dahinter erblickt man auf einer Seite die blauen Reiseschienen, auf der anderen erkennt man jenseits weißer Netzgardinen den Bahnhofsvorplatz, die Rampen, die dorthin führen, die Marmorpyramiden mit den aufgesetzten Kandelabern aus schwarzer Bronze und etwas weiter weg die Caféschilder, die Illusionisten ködern. Zwei riesige Kristalllüster tauchen das überaus prachtvolle Restaurant, das den Kulminationspunkt sämtlicher klassischer Stile darstellt, in gleißendes Licht. Erstaunlicherweise steckt in dem maßlosen Gepränge dieses überbordenden Dekors eine große Aufrichtigkeit, die erlesenem Geschmack und erlesener Schönheit mit dem Spektakel republikanischen Prunks trotzt. Dieses fabelhafte Lokal wurde nicht nur entworfen und eingerichtet, um den Ansprüchen großherzoglicher Bürger und großbürgerlicher Großherzöge zu genügen, sondern auch, um das Findelkind Rémi aus *Heimatlos* und seine Mutter Barberin zu beeindrucken.

Alexandre Teck, dem große Empfänge ein Gräuel waren, heiratete an einem Samstag, ohne Pauken und Trompeten. Seine Hochzeit mit Nanou glich eher einer Entführung, und die beiden luden ihre nächsten Verwandten und ein paar Künstler aus Alexandres Freundeskreis zwischen sechs und acht Uhr abends zu einem Abschiedsessen in dieses Restaurant ein. Monsieur Doublard-Despaumes, berückt vom Puppengesicht der einen oder anderen jungen Schauspielerin, warf sich in die Brust und stolzierte vor ihnen umher, verschlang sie mit Blicken, versprach ihnen das Blaue vom Himmel und notierte sich ihre Adressen. Gustave schlenderte von einer Gruppe zur nächsten, während Gilberte ihn ständig wieder einholte, um ihm dieses zu zeigen oder jenes zu erzählen, das sie soeben gehört hatte.

Cécilie und Paul wechselten Blicke von fern, lange Blicke allerdings, die Gilberte auffing und die so offensichtlich von einem verliebten Austausch zeugten, dass sie sich in der

Annahme bestätigt fühlte, Cécilies rätselhafte Eskapaden hätten mit Paul zu tun. Gilberte witterte ein Geheimnis, das sie unbedingt ergründen wollte.

Marcelline Doublard, von Minute zu Minute rührseliger, schnäuzte sich unaufhörlich. »Keine Tochter mehr! Kein Kind mehr! Ach, mag ja alles schön und gut sein, aber nach der Hochzeit ist es mit den Kindern vorbei!«, erklärte sie Cécilie, und als sie dann forteilte und dabei sämtliche Gäste anrempelte, um Nanou eine letzte Empfehlung mit auf den Weg zu geben, berührte Gilberte Cécilies Arm und sagte zu ihr: »Geben Sie acht, reißen Sie sich zusammen. Dies ist ein freundschaftlicher Rat.«

»Zusammenreißen? Ich? Warum?«

»Weil manche Blicke Bände sprechen. Verstehen Sie mich?«

»Nein, meine liebe Gilberte, ich verstehe Sie ganz und gar nicht.«

»Ah!«, erwiderte Gilberte lachend, »wenn

das so ist, sehen Sie mir bitte nach, dass ich es verstanden habe.«

»Ich frage mich, was Sie wohl verstanden haben?«

»Tja, wenn Verstehen Wissen bedeutet, glaube ich zu wissen, dass Paul Landriyeux Sie keineswegs kaltlässt. Das sollten Sie lieber nicht so offen zeigen. Ich kann Ihnen versichern, wenn Gustave so wie ich die Blicke gesehen hätte, die Sie mit Paul gewechselt haben, stünde für ihn außer Zweifel, warum Sie ausgerechnet dann abwesend sind, wenn die …«

Cécilie fiel ihr ins Wort. »Außer Zweifel, genau«, entgegnete sie, und weil sie dem, was Gilberte erraten hatte, einen unschuldigen Anschein verleihen und sich damit retten wollte, rief sie: »Paul Landriyeux? Wenn Sie wüssten! Er ist so übellaunig, arrogant, verbittert, er will sich nur rächen und so renne ich immer noch diesem Brief hinterher, den er nie an Alexandre weitergeschickt hat und den er mir doch bestimmt zurückgeben wird, wie er mir täglich aufs Neue beteuert. Ginge es hierbei nur um mich, würde ich Gustave die Wahrheit sagen, aber ich denke auch an Sie, Ihretwegen wage ich nicht, ihm zu gestehen, wie sehr wir ihn belogen haben.«

»Meinetwegen?«

»Ja, denn ich kann unmöglich reinen Tisch machen, ohne Sie in die Sache hineinzuziehen. Gustave wäre Ihnen böse, weil Sie mein Lügenmärchen vom falschen Arzt als wahr bestätigt und überdies behauptet haben, Sie hätten Ihr Adressbuch verloren, was die Sache noch schlimmer macht. Ihretwegen plage ich mich hier so ab. Das ist ja auch das Mindeste, nach allem, was Sie für mich getan haben. Ich kenne Gustave so gut, wie er mich kennt. Ich weiß, dass er mir die Indiskretionen und die Scherzerei verzeihen würde, aber ich weiß eben auch, dass er sich lächerlich vorkäme, weil Sie ihn hintergangen haben, und sein Groll würde sich in diesem Fall gegen Sie richten. Wenn ich ihm die Wahrheit sagte, würden Sie mir Undankbarkeit vorwerfen. Sie wären wütend auf mich, er wäre wütend auf Sie, und das wäre das Ende unserer Freundschaft. Ich bin längst nicht so gefährdet wie Sie, so leid es mir tut.«

»Und ich glaubte schon, Sie wären ein bisschen … wie soll ich sagen? Ja … ein bisschen verliebt in …«

»Ganz sicher nicht!«

»Und wieso hat Alexandre Sie nicht unterstützt?«

»Ich habe ihn angefleht, sich nicht darum zu kümmern. Ich hatte Angst vor einem Eklat, vor Repressalien … und ich glaube nach wie vor, dass ich es alleine schaffen kann.«

Da erblickte Gilberte Gustave, der auf sie zukam und ihr ein Glas Champagner reichen wollte, gedankenverloren ging sie ihm entgegen, während Marcelline Doppel-D im selben Moment zurückkehrte, das Taschentuch wie eine Kompresse unter die Nase haltend, um sich bei Cécilie auszuweinen.

»Ich bin ein Mond voller Seufzer«, sagte sie, und dann sprach sie unvermittelt über Gilberte: »Sie ist ja nett, liebenswürdig, setzt sich gut in Szene, gefällt den Männern, aber sie zählt zu diesen Liebesnomadinnen, die eines schönen Tages, nachdem sie ihr Zelt mal hier, mal dort aufgebaut haben, von einem Haus aus Stein träumen. Wenn ich nach meinem Tod nur noch aus reinem Geist bestehe, kann ich es vielleicht vernünftig begründen, doch momentan lebe ich noch und höre nur auf meinen Instinkt. Gilberte hat schnell erkannt, dass Doppel-D, wie Sie ihn nennen, ihr nicht viel zu bieten hat. Er ist flatterhaft, ein Schürzenjäger, er kann nichts dagegen machen. Natürlich weiß er, dass er die Damen nicht mit seinem dicken Bauch erobert, sondern mit seinem dicken Geldbeutel, und das macht ihm nichts aus. Vor Kurzem hat er zu mir gesagt: ›Das Herz ist teurer als Geld, und spielen kann man damit auch nicht.‹ Er geizt mit seinen Gefühlen, weil er kaum welche hat. Aber zurück zu

Gilberte. Fällt sie Ihnen nicht auf die Nerven, so, wie sie mit Gustave umgeht? Wie sie immerzu tuschelt und in sich hineinlächelt und ihn umsorgt und umhegt? An Ihrer Stelle würde ich mich vorsehen. Manchmal sind es gerade die Unterschiede, die Männer anziehen, und Gilberte ist das Gegenteil von Ihnen. Außerdem ist sie eine gemeingefährliche Intrigantin, denn sie ist zu allem bereit, um unter die Haube zu kommen. Ich für meinen Teil habe nie daran gedacht. Ich fühle mich keiner Welt zugehörig und nur in Geschäften richtig wohl, aber ich weiß, wenn der Zufall ein Nest findet, wird er dort immer Eier legen. Meine Ehe ist der Beweis: Sie ist nicht aus Liebe geboren, sondern aus Zufall. Wie dem auch sei, nun lebe ich unter reichen Männern, die ihre Mätressen verhätscheln, weil sie sie nicht heiraten können und dafür um Nachsicht buhlen. Trotzdem stören diese Damen unsere Gewohnheiten.«

»Welche Gewohnheiten?«

»Unsere Männer natürlich, die sie uns jederzeit abspenstig machen können, und nichts ist ärgerlicher, als auf schlechte Gewohnheiten verzichten zu müssen.«

Cécilie, der Marcelline von jeher sympathisch war, mochte sie noch lieber, seit Gustave behauptet hatte, sie tröste sich mit getrüffeltem Foie gras über ihr Heimweh nach der Gosse hinweg. »Mit Ihrem Rat rennen Sie offene Türen ein«, antwortete sie. »Offen gesagt, traue ich Gilberte schon seit einer Weile nicht mehr.«

»Dann machen Sie es sich doch nicht so schwer. Greifen Sie zum Ultimatum. Fassen Sie sich kurz und klassisch, sagen Sie zu Ihrem Mann: ›Sie oder ich. Entscheide dich.‹ Diese Methode hat sich bewährt, sie ist so renommiert wie das Eau de Cologne von Jean-Marie Farina.«

Als es für die Gäste Zeit wurde, Nanou und Alexandre zum Bahnsteig hinunter zu begleiten, wollte Cécilie Paul unbedingt von ihrem Gespräch mit Gilberte berichten, und so teilte sie Gustave mit, sie fühle sich nicht imstande, der Abreise ihres Bruders beizuwohnen. »Bisher reiste er immer, ohne mich zu verlassen, aber heute verschwindet er aus meinem Leben. Er begibt sich in das Ehegrab, und ich bin traurig, so traurig, dass ich unweigerlich weinen müsste, wenn ich ihn umarme. Du wirst ihn für mich umarmen, Gustave, alle beide, das machst du doch, versprochen?«

»Versprochen, aber warte hier auf mich, dann fahren wir zusammen heim.«

»Nein, ich muss jetzt allein sein, ich gehe in die Tuilerien und setze mich auf eine Bank.«

»Das wirst du nicht tun, Cécilie, hörst du?«

»Ja«, antwortete sie, aber kaum hatte er sich in der kleinen Menschenmenge verloren, die das Hochzeitspaar begleitete, machte sie sich mit Paul aus dem Staub, der sie in die Rue Caumartin führte, in eine Bar namens »Le Romain«.

Auf dem Bahnsteig bemerkte Gustave, dass Paul fehlte. Er vermutete, dieser wäre bei Cécilie geblieben, um ihr Gesellschaft zu leisten, doch als Gustave kurze Zeit später ins Restaurant zurückkehrte, stellte er zu seinem großen Verdruss fest, dass sie sich seinen Wünschen widersetzt hatte und auch Paul nicht mehr da war.

Im »Romain« ist es eng, der Raum lang und schmal. Die Wände sind mit dunklen, lackierten Mahagoniplatten vertäfelt, die neorömische Gemälde, Spiegel und Vitrinen voller antiker Banknoten umrahmen. Die fünf oder sechs Tische, die dazugehörigen Sessel und der massive, sehr lange, sehr hohe Tresen bestehen wie die Vertäfelung aus Mahagoni und stehen wie sie für diese Mischung aus Louis-Seize- und Directoire-Stil, der um die Jahrhundertwende so beliebt war. Hinter dem Tresen heben sich die Porträts römischer Kaiser schwarz von goldenen Medaillons ab. Stellen Sie sich dazu ein elektrisches Grammophon vor, das den Gästen die Möglichkeit gibt, Musik ihrer Wahl zu hören, und dann haben Sie ein recht genaues Bild von Ausstattung und Mobiliar dieses recht kleinen, intimen und klassizistischen Lokals, das Aussicht auf ein reges Straßentreiben gewährt, sobald es draußen schön und die Glastür weit aufgemacht wird.

Für Paul war alles von Belang, was Cécilie betraf, aber das ließ er sich nur selten anmerken, und zwar auf seine Weise. Diese Haltung, die ihr immer rätselhafter erschien, weckte in ihr ein Unbehagen, das ihr Selbstbild trübte, sie hielt sich für langweilig und war darüber ganz verzagt. Er hingegen misstraute jenen raffinierten Vorgehensweisen, die mittels Durchtriebenheit und Mutwillen die Grenze zwischen Lüge und Wahrheit verwischen, und obwohl er die Bedrohung ermessen konnte, die von Gilbertes Worten ausging, hatte er für die offenkundige Raffinesse, mit der Cécilie darauf reagiert hatte, nur Verachtung übrig. »Hat sie nun gelogen oder nicht?«, überlegte er. »Empfindet sie tatsächlich etwas für mich und wollte sie Gilberte deswegen von ihrem Verdacht abbringen, oder hat sie die Wahrheit gesagt, als sie ihr erklärte, die Treffen mit mir wären nur Mittel zum Zweck?« Das spöttische Lächeln, das seine Lippen umspielte, verriet Cécilie, welche für sie demütigenden Fragen ihm durch den Kopf gingen, und ihr war bewusst, dass sie die Situation nur klären konnte, wenn sie ihm ihre Liebe gestand, eine Liebe, die möglicherweise nicht erwidert wurde. Sie verließ den Tisch, legte eine Schallplatte auf und setzte sich wieder hin, lauschte mit gesenktem Kopf dem Lied *Monsieur mon Passé* von Léo Ferré. Ihr Schweigen, ihre Reglosigkeit und die Hände, die selbstvergessen auf ihren Knien ruhten – all das zeigte an, dass sie traurig war oder traurigen Gedanken nachhing.

»Wo sind Ihre Augen?«, fragte Paul.

Sie blickte ihn bekümmert an und erwiderte, sie sei unglücklich, sie wolle weg und denke ans Sterben. »Ich kann nicht mehr lachen, mich über gar nichts mehr lustig machen, alles kommt mir so ernst vor, alles schüchtert mich ein, sogar meine Träume. Wenn ich Sie treffe, weiß ich nicht, wohin ich gehe, und mir ist, als hätte sich meine Kindheit in Luft aufgelöst, als ich mich auf das erste Treffen mit Ihnen einließ. Seither lebe ich in großer Unordnung, das heißt, in großer Ungewissheit. Ich habe mich so lange vor mir selbst versteckt, dass ich mich nicht mehr wiederfinde, und ich glaube, dafür sind Sie verantwortlich. Ich bin Ihnen böse und ich tue mir leid. Ich vertraue Ihnen nicht, ich weiß nicht mal, was Sie empfinden. Zuweilen glaube ich, es macht Ihnen Spaß, mich zur Weißglut zu treiben, und ich frage mich, ob ich überhaupt noch zu retten bin.«

»Und wenn Sie sich schon so viele Gedanken machen, denken Sie auch manchmal, dass ich Sie liebe?«

»So, wie man an das Unmögliche denkt.«

»Jetzt müssen Sie umdenken, Cécilie, denn ich liebe Sie.«

»Nein, das tun Sie nicht, nein, das glaube ich nicht, aber falls Sie mich doch lieben sollten, müssen Sie mich wieder und wieder daran erinnern.«

»Je mehr Zeit vergeht, desto weniger kann ich auf Sie verzichten. Ich will Sie ganz, ich will Sie für mich allein, ich will mit Ihnen leben.«

»Nein, das tun Sie nicht, nein, das glaube ich nicht, aber ich würde alles tun …«

Er schnitt ihr das Wort ab. »Sie würden alles tun, damit ich Ihnen den Brief zurückgebe? Da haben Sie ihn«, sagte er und zog ihn aus seiner Brieftasche.

Sie kam seiner Geste zuvor und wandte sich ab. »Nein, auf keinen Fall, behalten Sie ihn, sonst müsste ich zu sehr bangen«, antwortete sie, und Paul, der sie bislang geliebt hatte, ohne ihr zu trauen, glaubte an ihre Liebe und war verloren.

»Paul«, fuhr sie fort, »als Sie mich unterbrochen haben, wollte ich Ihnen sagen, dass ich alles verlassen würde, um Sie nie wieder zu verlassen, wenn Sie mich wirklich liebten.«

Er nahm ihre Hände und sah sie an, aber sie schloss die Augen. »Sie verschlingen meine Seele«, flüsterte sie und fügte hinzu: »Ich wusste nicht, was in mir steckt.«

Sie traten hinaus, gingen ein paar Schritte und zogen sich in eine Einfahrt zurück, um sich in aller Ruhe zu küssen.

Wahnsinn und Wohltat der Zärtlichkeit, als sie sich trennten, waren sie jedenfalls von Liebe berauscht, und Cécilie hatte Paul versprochen, gleich am nächsten Morgen zu ihm zu kommen.

Unterdessen war Monsieur Doublard-Despaumes in die Garderobe des Restaurants hinaufgegangen, um seinen Hut zu holen, nachdem er die in Tränen aufgelöste Marcelline Freunden anvertraut hatte, die sie nach Hause fahren sollten. Dort hatte er Gustave angetroffen, der gerade gehen wollte, und ihn ohne Rücksicht auf seine Stimmung in den überfüllten Speisesaal geschleift, wo sie sich an einem Tisch gegenübersaßen. Monsieur Doppel-D wollte bald für ein paar Tage nach Genf fahren und mit Gustave über einige geschäftliche Vorgänge sprechen, die dieser in seiner Abwesenheit übernehmen müsste. Gustave war unruhig, was Monsieur Doublard nicht entging, dennoch erkundigte er sich erst am Ende eines langen Gesprächs nach dem Grund seiner Nervosität. Gustave erklärte, er mache sich Sorgen, weil Cécilie, die wegen der Hochzeit ihres Bruders in Melancholie verfallen sei, beschlossen habe, sich auf eine Bank in den Tuilerien zu setzen. Das sei äußerst unvorsichtig, befand Monsieur Doppel-D, als Kenner der Materie erzählte er Gustave, wer einem nach Einbruch der Dunkelheit in diesem Park so alles begegnete, und er legte ihm nahe, sich schleunigst auf die Suche nach seiner Frau zu begeben. Nachdem sie sich verabschiedet hatten, irrte Gustave eine Weile in den Tuilerien umher, nicht nur, damit er Cécilie später sagen konnte, er sei dort gewesen, sondern auch, weil sie möglicherweise doch hier war. Halbherzig suchte er nach ihr, und die Liebenden, die sich auf den Bänken aneinanderschmiegten, zuckten zusammen, als dieser Spaziergänger vorbeikam und mit erstickter Stimme rief: »Cécilie! Cécilie!« Ein junger Engländer tauchte aus dem Schatten auf und fragte ihn, besorgt und gelassen zugleich wie alle Engländer: »Kann ich Ihnen behilflich sein? Ist Ihnen ein Hund entlaufen, Monsieur?«

»Nein«, antwortete Gustave, »meine Frau.«

Als er nach Hause kam, erwartete ihn Cécilie in ihrer Ali-Baba-Höhle. Sie ließ ihn gar nicht erst zu Wort kommen und erklärte, sie sei nicht in den Park gegangen, sondern habe sich von Paul Landriyeux nach Hause bringen lassen.

»Das habe ich geahnt, und ich muss dir sagen, eure Freundschaft nimmt allzu vertraute Züge an, das missfällt mir.«

Da kamen Cécilie Marcellines Ratschläge wieder in den Sinn. »Und was soll ich dann zu deinem innigen Umgang mit Gilberte sagen?«, entgegnete sie. »Hat sie dich aufgehalten?«

»Nein, es war Doublard, wir hatten etwas zu besprechen. Doch apropos Gilberte: Sie will unbedingt lernen, wie man Golf spielt, und sie hat hartnäckig darauf bestanden, dass ich es ihr beibringe, also habe ich sie eingeladen, morgen mit uns nach La Boulie zu fahren.«

»Einen ganzen Sonntag mit Gilberte! Auf keinen Fall, Gustave, da mache ich nicht mit.«

»Du bist ungerecht. Sie ist nett, macht keine Umstände und ist immer gut aufgelegt.«

»Findest du sie unterhaltsam?«

»Sie ist angenehm fraulich und sie langweilt mich nicht«, antwortete er, und Cécilie entnahm seinen Worten einen Vorwand, um am nächsten Tag eigene Wege zu gehen. »Fahr doch mit ihr, wenn sie dich nicht langweilt, ich wünsche euch eine gute Zeit. Aber verlange nicht von mir, dass ich euch begleite«, sagte sie.

Gustave gab sich verärgert, doch insgeheim beschloss er, die Golfstunde zu verschieben, die er Gilberte fest zugesichert hatte, denn obwohl er sie gut leiden mochte und sie ungern enttäuschte, zählten für ihn nur Cécilies Wünsche.

Sonntags ging er immer gegen elf in den Bois de Boulogne, um die Seen zu Fuß zu umrunden, sodass Cécilie sich nicht wunderte, als er das Haus verließ, und gar nicht bemerkte, wie er sich ins Fäustchen lachte, als er ihr verkündete, zunächst wolle er sich die Beine vertreten, dann Gilberte abholen und um halb eins mit ihr zurückkehren.

Er nahm das Auto, und um die Frau, die ihm offenbar zugetan war, nicht mit einer schnöden Absage am Telefon zu brüskieren, fuhr er zu ihr, um ihr persönlich mitzuteilen, dass er leider verhindert sei, eine Mitteilung, die bestimmt ihren Unmut erregen würde.

Madame Ilot war noch im Morgenmantel, sie schien verlegen, also machte er ihr zuerst ein Kompliment, dann verdüsterte sich seine Miene, und während er sich zu ihr aufs Sofa setzte, erklärte er, zu seinem großen Bedauern müsse er auf die gemeinsame Golfstunde verzichten.

»Wie bitte? Was? Ihretwegen habe ich mehrere Einladungen ausgeschlagen, und nun lassen Sie mich einfach im Stich, in letzter Minute?«

Da konnte Gustave der Versuchung nicht widerstehen, einige Bemerkungen, die Cécilie am Vorabend hatte fallen lassen, auf etwas übertriebene Weise wiederzugeben, und wirkte dabei so selbstzufrieden, dass Gilberte gereizt reagierte.

»Tatsächlich haben wir uns in letzter Zeit oft gesehen«, sagte er. »Vielleicht habe ich die Zuneigung, die ich für Sie hege, zu offen gezeigt? Außerdem scheint sich Marcelline eingemischt zu haben, wie dem auch sei, den heutigen Tag möchte Cécilie mit mir allein verbringen.«

»Wie dem auch sei!«, rief Gilberte.

Dieser vieldeutige Ausruf missfiel Gustave, ohne ihn zu verschrecken, denn er hatte sich ohnehin entschieden. Er dachte sich, dass eine treue Frau nach zehn Jahren Ehe ein junges Mädchen ist, empfänglich für jede Leidenschaft. Er war überzeugt, dass Cécilie ihn liebte, und so sollte es auch bleiben. »Falls sie mich einmal belügt und ich ihr auf die Schliche komme, werde ich es einfach überspielen«, dachte er, »ich werde sie nicht mit Vorwürfen vergrämen, und sie wird sich in den Fäden meiner Geduld verfangen.« Er war der Ansicht, dass Herzensgüte jede Leidenschaft übertrumpft, und er hatte schließlich seinen Stolz.

Gilberte verstummte eine Weile. Sie wusste, dass Gustaves Frau sie nie gemocht hatte, dass nur diese leichtsinnige Lüge Cécilie dazu genötigt hatte, sie ins Vertrauen zu ziehen, dass sie außerdem nicht davor zurückschrecken würde, ihrem Mann die Wahrheit zu sagen und sie so der Gunst eines Mannes zu berauben, der ihr durchaus den Zugang zu jener Welt verwehren könnte, in der sie so gern Fuß fassen wollte. Daraus schloss Gilberte, dass sie Cécilie am besten zuvorkommen und Gustave das wahre Gesicht seiner Frau enthüllen sollte. »Mein armer Freund«, sagte sie dann, »wie naiv Sie doch sind.«

»Wie soll ich das verstehen?«

»Sie stellen sich lauter Unsinn vor! Sie glauben, Cécilie wäre eifersüchtig, beunruhigt, weil Sie und ich uns so gut verstehen und dass … Das behalte ich wohl besser für mich.«

»Nein, reden Sie, ich bestehe darauf. Sie haben schon zu viel gesagt. Liebt sie … einen anderen?«

»Sie hält Sie zum Narren.«

»Cécilie? Nein … Das ist ganz und gar unmöglich.«

»Sie hält Sie zum Narren, und das wage ich nur deshalb anzusprechen, weil ich Sie liebe, Ihre Arglosigkeit schmerzt mich, weil ich es besser weiß.«

Gustave fasste sich mit beiden Händen an den Kopf. »Und was wissen Sie genau? Sagen Sie es mir, bitte.«

»Ja, unter der Bedingung …«

»Unter welcher Bedingung?«

»Versprechen Sie mir, dass Sie nicht böse sein werden, weil ich Cécilie einen Gefallen getan habe, und versprechen Sie mir außerdem, dass unsere Beziehung davon unberührt bleibt. Ich liebe Sie so sehr, Gustave, dass es ungerecht wäre, mich zu bestrafen.«

»Ich fühle mich Ihnen sehr verbunden und wäre es noch mehr, wenn Sie mir die ganze Wahrheit sagten.«

»Schwören Sie's?«

»Ich schwöre«, antwortete er, und Gilberte brach ihr Schweigen.

Sie erzählte ihm, dass der Brief, den Cécilie im Taxi verloren hatte, nicht nur die grob ehrverletzenden Worte enthielt, die er über Monsieur Doublard-Despaumes, dessen lose Sitten und korruptes Gebaren geäußert hatte, sondern auch eine satirische Komödie, in der Gustave die Hauptrolle spielte. »Cécilie hat mit ihrem Bruder über Sie gespottet, und das Ganze endet damit, dass sie aus Langeweile oder Verzweiflung vor Ihrer Haustür stirbt.« Ferner erzählte ihm Gilberte, wie Cécilie, die nach dem Besuch von Paul Landriyeux weder ein noch aus wusste, ihn als Arzt ausgegeben hatte und dann zu ihr gekommen war, um sie als Komplizin zu gewinnen. »Nachdem sie erkannt hatte, dass diese abscheuliche Indiskretion Ihre Karriere ruinieren könnte, war sie außer sich. Außerdem hatte sie Angst, dass dieses reizende Dokument in Ihre Hände gelangen und Sie darüber aufklären würde, wie sie sich mit Alexandre auf Ihre Kosten amüsiert. Cécilie macht Sie zur Witzfigur, das sollten Sie wissen, Ihre Frau hat es nicht anders verdient. Jedenfalls ist sie zu allem bereit, um diesen Brief wiederzubekommen, den ihr Paul aus Rachsucht noch vorenthält.«

So versunken, wie man zuweilen ist, wenn man einem Musikstück lauscht, hörte Gustave aus Gilbertes Worten Dinge heraus, die sie nicht sagte; er legte sich einen Plan zurecht, und sobald sie zu Ende gesprochen hatte, sprang er auf und rief: »Gilberte, dank Ihnen bin ich von allen Männern der glücklichste!«

»Wirklich, dank mir? Darüber bin ich sehr froh. Sie verdienen eine Frau, die Sie versteht und die Sie zu schätzen weiß, und Cécilies Verrat war für mich sehr bedrückend.«

Vor lauter Aufregung ging Gustave hin und her, doch als er das hörte, blieb er jäh stehen und blickte sie kühl an: »Sie haben kein Recht, über Cécilie zu urteilen, und Ihre Kritik zeigt mir, dass Sie nichts begriffen haben. Ich kenne keine andere Frau, die in einer solchen Situation so beherzt und fantasievoll gehandelt hätte. Ach! Es tut mir leid, dass ich ihr misstraut habe, denn nachdem ich Cécilie im Verdacht hatte, aus unserem Eheleben auszubrechen und sich vielleicht auf ein Liebesabenteuer einzulassen, erfahre ich nun von Ihnen, dass sie sich meinetwegen aufgerieben hat.«

Er erklärte ihr, die Preisgabe von Geheimnissen sei ein so schwerwiegendes Verbrechen, dass selbst die größten Kriminellen davor zurückscheuten, niemand, der solches begangen habe, sei stolz darauf, es sei also verständlich, dass Cécilie ihm eine Indiskretion verheimlichen wollte, für die sie sich schämte und vor deren mögliche Folgen sie sich fürchtete. Und weil ihm bewusst sei, dass Furcht und Gewissensbisse einen nur das Schlimmste vorhersehen lassen, finde er es ebenso verständlich, dass sie Paul Landriyeuxs Absichten fehlgedeutet hatte, ihm wäre es an ihrer Stelle nicht anders ergangen. Und die Geschichte mit dem falschen Arzt sei doch einfach nur amüsant.

»Auf solche Ideen kommt nur sie!«, fuhr

er fort, »aber was musste sie für Ängste aushalten! Und das alles meinetwegen, denn sie hat sich ja nur um meinetwillen gesorgt. Hätte sie mir die Wahrheit gesagt, hätte ich Paul Landriyeux diesen ominösen Brief gleich entrissen – sein Verhalten ist übrigens abscheulich, er wird noch von mir hören – und dann hätte ich ihn selbstverständlich gelesen. Sie wollte mir also jede Kränkung, jede Enttäuschung, jeden Kummer und andere Schrecknisse ersparen, darum lässt sie sich zum Schein auf sein Spiel ein. Sie hat immer nur an mich gedacht!«

»Was für ein Glück manche Frauen haben«, bemerkte Gilberte. »Macht es Ihnen wirklich nichts aus, dass Cécilie über Sie spottet?«

»Sie und ihr Bruder teilen meine Bestrebungen nicht, sie sind ihnen zu profan, was soll's, Künstler sind nun mal so, sie erfinden, sie erschaffen, sie zerstören, ohne Rücksicht auf die Wirklichkeit, der sie ihre Anregungen verdanken. Sie sind voreingenommen, aber sie meinen es nicht böse, und ich habe schon immer gewusst, dass Cécilie weder bourgeoise Anschauungen noch die Mentalität reicher Leute schätzt. Aus all dem, was Sie mir erzählt haben, ziehe ich die Lehre, dass sie mir den schönsten Liebesbeweis erbracht hat, den ich mir denken kann, auch wenn sie ihn mir verheimlichen musste. Die Lügen hat ihr nicht der Verstand diktiert, sondern ihr gutes Herz.«

Entgegen ihrer Absicht hatte Gilberte soeben die Verbindung gestärkt, die zwischen Gustave und seiner Frau bestand. Betreten rang sie sich ein Lächeln ab, blickte ihm dennoch in die Augen und reichte ihm beide Hände. Er versprach ihr, Cécilie zu beschwichtigen, versicherte sie seiner Freundschaft, entschuldigte sich erneut, dass er sie im Stich lassen musste, und eilte nach Hause, ohne Cécilie anzutreffen.

»Es ist keine zehn Minuten her, dass Madame gegangen ist«, verkündete Odile.

»Ach, verflixt, das hätte ich mir ja denken

können! Und dabei wollte ich sie überraschen, um ihr eine Freude zu machen.«

»Sie wirkte verstimmt.«

»Verstimmt oder traurig?«

»Eher traurig.«

»Und wo wollte sie hin?«

»Nach Versailles, um sich bei den Antiquitätenhändlern umzusehen.«

Gustave verzichtete darauf, Golf zu spielen, und rief Marcelline an, wohl wissend, dass Monsieur Doublard-Despaumes am frühen Nachmittag nach Genf fliegen würde. Er schlug ihr vor, nach dem Mittagessen einen Ausflug nach Versailles zu unternehmen und sich dort die Antiquitäten anzusehen. Sie willigte ein und erzählte ihm, gerade habe Gilberte ihren Mann angerufen und ihm mitgeteilt, sie müsse dringend nach Genf reisen und würde sich ihm nur zu gern anschließen.

Das schlichte Haus, das Paul in der Rue Notre-Dame-des-Champs bewohnte, blickte auf einen jener Gärten hinaus, die mitten in Paris die Natur zum Vorschein bringen, am Rand steinerner Felsen und Strände. Diese Gärten, die man für pariserisch halten könnte, bilden jeweils eine Parzelle einer bestimmten ländlichen Region mit ihren charakteristischen Zügen und Farben ab, und so fliegen die Vögel, leben die Schildkröten, atmen die Blumen, das Blattwerk und die wild wuchernden Sträucher je nachdem in der Atmosphäre der Vogesen, des Charolais oder Flanderns. Pauls Garten war ein Ausschnitt aus der Gegend von Senlis, einer kleinen Provinz, deren uralte Düfte sich nicht verflüchtigt hatten. Dort waren immer noch Gelbkraut, Geißblatt und Kamille zu riechen, und man fühlte sich wahrhaftig in ferne Gefilde versetzt, die man auf Langstreckenreisen nicht unbedingt erreicht.

Paul verzehrte sich vor Liebe und Ungeduld, und als er für Cécilie das Tor dieser kleinen Einfriedung öffnete, flüsterte sie beim Überschreiten der Grenze: »Außer uns weiß niemand, dass hier das Ende der Welt ist.«

»Und dieses Ende unsers ist.«

Diesen Tag kann man nicht beschreiben, aber man kann schreiben, dass in jeder Minute jeder Stunde dieses herrlichen Tages ein ganzes Leben voller Glück enthalten war. Kaum hatte Cécilie den Garten betreten, wurde dieser Garten zu ihrem Reich, und kaum hatte sie den Fuß ins Haus gesetzt, wurde dieses Haus zu ihrem Schloss. Überwältigt, verliebt, frei von jeder Erinnerung, herrschte sie über alles und jedes, und als Paul sagte: »Komm, ich ersticke, du schnürst mir die Luft ab, ich liebe dich zu sehr«, antwortete sie: »Das glaube ich nicht.« Während sie ihm half, unter Bäumen den Tisch zu decken und die Speisen aufzutragen, die er bestellt hatte, sprach sie vor sich hin und stellte die Weichen für Gustaves Zukunft. »Ich werde ihm beichten, dass ich dich liebe, er wird vor Wut schäumen, mir eine

Szene machen, mich vor die Tür setzen und Gilberte wird ihn trösten. Je mehr Schuld ich auf mich lade, desto weniger wird er mir nachtrauern und dann steht es mir frei, mit dir zusammen zu sein. Ich werde diesen Ort hier niemals verlassen, er soll mein Beginenhof sein. Ich werde es dir nicht leicht machen. Ich werde mich immer wieder verwandeln. Ich werde die Tür abschließen. Dann musst du mich bestürmen, damit ich sie dir öffne, und dann wirst du eine Türkin erblicken oder eine Chinesin oder vielleicht eine Veilchenverkäuferin mit rosigen Händen und einer kurzen Pelerine aus schwarzer Wolle«, sagte sie, und dabei hatten ihre Bewegungen und ihr Lachen die Anmut und Ungezwungenheit eines blutjungen Mädchens.

Die Liebe war allgegenwärtig und bestimmte alles. Sie lagerte im Küchenschrank und lauerte im Atelier, sie steckte in jedem Schluck Wein und in jedem Blick, in den Knien und in den Speisen, den Meeres- und Gartenfrüchten, das Gebäck schmeckte danach und ebenso die Lippen.

Die Liebe führte sie in das schattige Zimmer, wo Liebende einander nur finden, um sich zu verlieren. Die Fensterläden waren geschlossen und der Raum roch nach Gips. Das Ganze hatte etwas von einem italienischen Abend, dessen Seele sich zu ihnen verirrt hatte, und vom Garten her hörte man plötzlich einen Vogel auffliegen, der mit seinen Flügelschlägen die Stille streifte. Das Bett ist ein Schiff, das aufs offene Meer hinaustreibt, sobald man es besteigt, und wer zu lieben oder zu träumen vermag, reist bei Nacht und manchmal eben zur Siestastunde. An Bord dieses Schiffs durchquert man die Zeit, erfährt man Wehmut und gleißendes Glück, und schon muss man am Ufer einer anderen Zeit von Bord gehen, wo Ängste und Erklärungen nach dem Passagier spähen, fremd gewordene Gewohnheit und fortschreitendes Leben.

Bevor sie ging, verweilte Cécilie kurz im

Atelier und spielte Klavier. »Es ist spät, ich muss los, aber du wirst mich doch behalten?«, sagte sie.

»Du bist mein und ich lasse dich nicht los. Spürst du denn nicht, dass du gefangen bist, hier in meiner Brust?«

Während er ein Taxi suchen ging, fuhr sie mit der Hand über jeden einzelnen Gegenstand, dann trat sie in den Garten hinaus, streichelte die Bäume, streichelte sogar ihre und Pauls Fußspuren unter dem Tisch, an dem sie das Mittagessen eingenommen hatten. Solche Gesten machen die Unglückseligen, die ins Exil gezwungen werden, bevor sie ihr Haus für immer verlassen. »Meine Sachen, mein Leben«, sagte sie.

Als Paul zurückkam, wollte er sie nicht ziehen lassen. »Bleib«, sagte er.

»Nein, ich kann nicht, wirklich nicht. Auf keinen Fall heute Abend.«

»Bleib, wenn du mein bist.«

»Ich bin dein, aber ich muss nach Hause.«

»Warum?«

»Um mit Gustave zu reden«, und dann flüsterte sie noch träumerisch, die Augen halb geschlossen: »Unser Zimmer … mein Garten … meine Liebe … Ja, ich rede noch heute Abend mit ihm. Ich liebe dich zu sehr, um dabei jemanden zu betrügen.«

»Und du wirst an unser Schiff denken, an die Küsse, die Schlafende tauschen, Dämmernde, die sich lieben und suchen?«

Er schloss sie in die Arme, dann führte er sie ganz langsam, ohne sie loszulassen, zum wartenden Taxi. Es war ein G7, einer dieser großen und unvergesslichen G7, die vor Kurzem noch die Pariser Straßen bevölkerten.

»Vielleicht habe ich meinen Brief in diesem Taxi verloren? Weißt du, was ich mir wünsche, Paul?«

»Sag es mir.«

»Könntest du dir morgen Vormittag freinehmen?«

»Ja.«

»Und könntest du um zehn bei mir vorfahren, in einem Taxi wie diesem? Und dann brechen wir in die Zukunft auf, in meiner Glückskutsche?«

»Die Zukunft ist eine Richtung, die unsere Liebe nicht einschlagen darf. Ich werde dich dorthin entführen, wo die Zeit stillsteht. Zwei liegende Grabfiguren, den Blick zum Himmel gerichtet – das werden wir sein.«

Gustave, der am Dielenfenster nach seiner Frau Ausschau gehalten hatte, sah sie aus dem Wagen steigen und rannte ihr entgegen. »Komm, küss mich, auf der Stelle«, sagte er, und weil er strahlte und Schalk in seinen Augen blitzte, fragte Cécilie, die mit Vorwürfen gerechnet hatte, was ihn denn so fröhlich stimme.

»Ist der gute alte Doppel-D gestorben und du wurdest zum Bankdirektor ernannt?«

»Sehr witzig!«

»Ich wäre gern witzig, aber das geht jetzt

nicht, ich meine es ernst, Gustave, wir müssen reden«, antwortete sie und betrat den Salon.

»Ich muss dir auch etwas Wichtiges sagen, darum habe ich so ungeduldig auf dich gewartet«, erwiderte er beschwingt. »Hör mir zu, Cécilie: Du brauchst mir nichts mehr zu verheimlichen«, und dann berichtete er ihr ohne Umschweife, was Gilberte ihm erzählt hatte.

Außerdem sagte er, ohne Gilbertes Enthüllungen hätte er sie beschatten lassen und aus ihren Treffen mit Paul Landriyeux bestimmt die schlimmstmöglichen Schlüsse gezogen, doch nun schäme er sich bei dem bloßen Gedanken, dass er ihr misstraut hatte. »Du hast um meinetwillen gebangt, du hast die ganze Zeit an mich gedacht und du hast die Vorstellung nicht ertragen, dass ich deiner Indiskretion, deinen Scherzen und deiner Unbesonnenheit zum Opfer fallen könnte. Und so werfe ich dir nichts vor, mein Liebling, im Gegenteil, ich danke dir.«

»Nein, danke mir bloß nicht.«

»Was schert mich, was dein Bruder von mir hält, was schert mich euer wirres Künstlergerede – auch ich mache mich manchmal über meine besten Freunde lustig. Für mich zählen nur deine Gefühle, und ich weiß, dass du mich liebst. Du hast es mir mit deiner kühnen Vorgehensweise bewiesen, alles andere ist mir egal.«

»Hör zu, Gustave, hör mich an …«

»Nein, sei ganz ruhig, du brauchst mir nichts zu erklären. Ich verstehe nämlich alles, ob das als Schwäche oder Stärke zu bewerten ist, sei dahingestellt. Paul Landriyeux nimmt dir übel, dass du ihn falsch eingeschätzt hast? Dazu hat er kein Recht, denn sein Verhalten leistete Missverständnissen Vorschub, und ich werde ihn morgen aufsuchen, um diesen Brief zurückzufordern, den er aus Rachsucht einbehält. Manchmal tun selbst unbescholtene Leute die haarsträubendsten Dinge.«

Cécilie weinte.

»Hör auf zu weinen«, sagte er und nahm sie in die Arme. »Ende gut, alles gut, heute Abend bin ich sogar noch glücklicher als während unserer Verlobung. Weißt du noch? Damals sagtest du: ›Noch eine Woche, dann sind wir zweisam.‹ Und das sind wir doch, zweisam, oder etwa nicht?«

»Deine Erinnerung schmerzt mich, deine Herzensgüte zerreißt mich«, schluchzte sie, und je mehr er versuchte, sie zu trösten, je mehr er sie liebkoste und ihre Tränen trocknete, desto unglücklicher machte er sie. »Dieser Brief, ach, um diesen Brief brauchst du dich nicht mehr zu kümmern«, sagte sie schließlich. »Paul hat ihn mir heute zurückgegeben und ich habe ihn in tausend Fetzen gerissen.«

Gustave war weder dumm noch übertrieben nachsichtig, neigte jedoch dazu, nur das in Betracht zu ziehen, was ihm behagte, und in jenem schicksalhaften Moment begriff Cécilie, dass diese Neigung, die ihr bisher stets genützt hatte, ihr nun zum Verhängnis wurde. Angesichts dieses vertrauensvollen Mannes, der sich zwar sorgte, aber den Hang hatte, stets nur das Gute zu sehen, das heißt, was für ihn persönlich von Vorteil war, war sie wie vor den Kopf geschlagen. Auf anrührende, fast tragische Weise wurde ihr bewusst, aus welchen Gründen sie ihn schätzte und an ihm hing, sie erschrak über die Empfindungen, die allein er in ihr hervorrufen konnte, und sie erkannte, dass sie ihm aus eben jener Zuneigung verpflichtet war.

Sie verbrachte den Abend damit, Gustave in seinem Glück zu bestärken. Von allen Sorgen befreit, leicht zu erfreuen, plauderte er munter, kümmerte sich unablässig um ihr Wohlergehen und sagte: »Du liebst mich also immer noch?« Diese Frage stürzte sie in einen Abgrund der Verzweiflung. »Ich liebe dich wie sonst niemanden«, antwortete sie aufrichtig. Sie fand es grässlich, dass sie für ihn Mitleid empfand, und doch ließ sie sich davon beeindrucken. »Es wird sich alles fügen, warte nur«, sagte sie sich, von ihrem eigenen Geheimnis umgetrieben, sodass sie in ihrem Mann den Rivalen ihres Geliebten sah.

Gustave machte die Lampen aus und sie gingen nach oben.

Cécilie verschwand im Bad. Dort, in den Spiegeln, waren Pauls Garten, die Stille und der Vogel. Dort war ein Zimmer, das nach Gips roch, und in diesem Zimmer ein leuchtend weißes Schiff, bereit, durch die Nacht zu segeln, um bei Tagesanbruch anzulegen, und unten, auf dem Boden aus Beauvais-Kacheln, war eine Haarnadel. Und da waren noch zwei steinerne Grabfiguren, mitten auf der Straße, davor verneigten sich die Passanten, und die Damen und Herren, die vorbeifuhren, starrten sie aus dem Wagenfenster an. »Du wirst mich verstehen, Liebster, denn wir sind ja vor Liebe gestorben«, wisperte Cécilie. Sie sehnte sich nach Reinheit, nach Unerfahrenheit und Jungfräulichkeit, für Paul wäre sie gern noch unberührt gewesen. Erinnerungen an ihre Hochzeit mischten sich in ihre Gedanken, sie verdrängte sie, aber dann kamen ihr alle möglichen trostlosen Bilder in den Sinn. Ihr fiel ein, dass sie ihren ersten Kuss mit fünfzehn bekommen hatte, von einem Freund ihres Bruders, an ihrem Geburtstag im Oktober, in einer windgepeitschten Badehütte am Strand. Er hatte zu ihr gesagt: »Das ist mein Geschenk.« Nun begriff sie, dass dieses Geschenk ein Diebstahl gewesen war: »Folgenschwerer erster Kuss. Danach werden die Lippen gemeinfrei, fallen der Wiederholung, der Verwechselbarkeit, der Banalität anheim. Und nun, da ich alles geben möchte, hadere ich mit den vertrauten Gesten und bin traurig, weil ich sie nicht vergessen kann. Mit bloßen Füßen und offenem Haar bin ich in dieser Badehütte geblieben, bin auch jetzt dort, bin für immer im Halbdunkel an die Wand gelehnt, und es ist vorbei, ich komme da nicht raus, für niemanden, und niemand wird mich unversehrt herausholen, so wie ich dort verblieben bin, damals, als ich weder Richterin noch Zeugin meiner Gefühle war und in meiner Unwissenheit nicht ahnte, wie entwürdigend es ist, wenn man Vergleiche anstellen kann.«

Als Gustave am nächsten Morgen zur üblichen Zeit aus dem Haus ging, hielt Cécilie beim Ankleiden inne. Sie öffnete das Fenster, beugte sich vor, um ihm nachzublicken, und ging kurz danach zu Paul hinaus, der wie gewünscht in einem G7-Taxi auf sie wartete. Sie wollte nicht in den Bois de Boulogne, sondern in Richtung Gare d'Austerlitz. Eng und innig umschlungen legten sie im Lauf eines Kusses gewaltige Strecken zurück, und als sie die Augen aufschlugen, fuhr das Taxi an der Seine entlang, in der Nähe des botanischen Gartens. Paul presste die Hand auf das Gesicht von Cécilie, deren Kopf und Gedanken auf seiner Schulter ruhten. »Um diese Zeit sollten wir nicht hier sein, sondern an unserem Ende der Welt«, sagte er und forderte den Chauffeur auf, umzudrehen und zu ihm in die Rue Notre-Dame-des-Champs zu fahren. Cécilie seufzte.

»Du seufzt? Woran denkst du?«, fragte er.

»An uns.«

»Jetzt schon?«

»Ja. Paul, du musst wissen, dass Gilberte Gustave alles erzählt hat. Er weiß alles, ausnahmslos alles, nur nicht, dass ich dich liebe.«

»Von ihr konnte er das wohl kaum erfahren.«

»Ich habe ihm geschworen, dass du mir den Brief zurückgegeben hast und ich ihn in tausend Fetzen gerissen habe.«

»Das hast du ihm geschworen? Dann musst du es auch tun. Wozu ihn noch länger belügen?«, sagte Paul, zog den Brief aus der Tasche und gab ihn so zurück, wie er ihn gefunden hatte. »Erzähl mir aber, was denn so Arges drinsteht, bevor du ihn vernichtest. Bisher wagte ich nicht, dich danach zu fragen, weil ich Angst hatte, dass deine Antwort meine Liebe zu dir im Keim ersticken würde, doch jetzt will ich es wissen. Ein Liebesgeheimnis? Dinge, die nur für die Augen deines Bruders bestimmt sind?«

Da öffnete sie den Umschlag und reichte ihm den Brief. »Lies ihn am besten selbst«, sagte sie, stützte das Kinn auf seine Schulter und las mit, während sie leise kommentierte: »Gib zu, dass ich allen Grund zur Sorge hatte … Wie konnte ich nur so etwas schreiben? Und das nur zum Spaß … und damit Alexandre auch seinen Spaß hat … Absurd … Ich muss verrückt gewesen sein … Ich bin vielleicht verrückt … Nun siehst du, dass meine Angst nicht unbegründet war … Angst um Gustave … Angst um seine Karriere … vor allem Angst, ihm weh zu tun … Er sagt es ja selbst, Furcht und Gewissensbisse lassen einen nur das Schlimmste vorhersehen … und als du … als du dann bei mir aufgetaucht bist … warst du die Verkörperung dieser entsetzlichen Gefahr …

dieser furchtbaren Bedrohung … Gustave ist nicht perfekt … aber ein herzensguter Mensch … wirklich … so herzensgut, dass er das Schlechte gar nicht sieht … Ist das zu fassen? Das, was Gilberte ihm erzählt hat … war in seinen Augen nur ein Grund … mir zu danken … Ich bin rot geworden … Ich hatte ein schlechtes Gewissen … Ich habe mich geschämt …«

Paul brach die Lektüre ab und warf den Brief in Cécilies Schoß. »Warum hattest du ein schlechtes Gewissen? Wofür hast du dich geschämt?«, fragte er.

»Ich habe mich für mein Glück geschämt, für all das, was ich weiß und er nicht. Es macht mich immer noch ganz krank.«

»Bist du krank vor Liebe oder vor Reue und Scham?«

»Vor dem Vertrauen, das Gustave in mich setzt.«

»Ich dachte, du liebst mich zu sehr, um ihn dabei zu betrügen.«

»Gestern hat er mich mit seiner Gutmütigkeit entwaffnet, ich habe es nicht übers Herz gebracht – ich hatte nicht den Mut, ihm von uns zu erzählen. Ich hatte nicht die Kraft, ihm diesen Schlag zu versetzen. Es wäre zu grausam gewesen, zu ungerecht. Lass uns noch eine Weile warten. Liebster, ich möchte dich lieben, ohne anderen wehzutun.«

»Heißt das, du bist nicht mein, ich habe einen unbesiegbaren Rivalen an deiner Seite und du bist bereit zu teilen, um den Mann zu schonen, den du bemitleidest? Bedeutet das unterm Strich, ich soll mich mit den Momenten begnügen, die du deinem vertrauensseligen Mann rauben kannst? Das lehne ich rundheraus ab, und zwar, weil ich weder ein Mann für solche Momente bin noch für solche Schummeleien. Bei der Liebe geht es nicht ums Lieben, sondern darum, jemandem den Vorzug zu geben.«

»Ach!«, rief sie, »ich dachte, du würdest verstehen, mit welchen Schwierigkeiten ich zu kämpfen habe, wie sehr ich mich quäle. Siehst du denn nicht, dass ich hin- und hergerissen bin?«

»Zwischen zwei Männern hin- und hergerissen. Du glaubst, Gustave zu betrügen wäre weniger grausam, als ihm seinen Selbstbetrug aufzuzeigen, aber was ist mit meinem Schmerz, meinen Ansprüchen und dem Traum einer Leidenschaft, die du geschürt hast?«

»Paul, du vergisst … du vergisst, dass … ich dein bin.«

»Und dein Leben?«

»Denk an den Tag, den wir gestern verlebt haben! Und denk daran, dass es morgen wieder so wird. Denk vor allem daran, dass ich dich liebe.«

»Was kümmern mich Vergangenheit und Zukunft? Ich will die Gabe der Gegenwart, die stets gegenwärtige Gabe.«

»Ja, du! Du bist alleinstehend, du bist frei, an keine Frau gebunden, die du zwar nicht mehr liebst, die für dich aber trotzdem von Bedeutung ist, weil du genau weißt, was du ihr bedeutest. Versetz dich doch mal in meine Lage!«

»Ich? Ich versetze mich in eine Zukunft, in der du die Abende nicht bei mir verbringst, sondern die Illusionen eines anderen wahrst! Und ich weiß, dass ich mir Augenblicke zärtlicher Zuwendung ausmalen werde, die ich nicht einmal andeutungsweise ertragen kann. Ich male mir auch aus, dass du immer nur verstohlen in mein kleines Reich kommen wirst, zwischen zwei Fingern den Stängel eines stets blühenden Reuegefühls, das du beim Durchqueren meines Gartens gepflückt hast! Die Frau, die ich in meine Arme schließe, soll die Frau von Gustave sein? Und das soll ich einfach hinnehmen? Nein, damit kann ich mich nicht abfinden. Der Einzelgänger, der die Einsamkeit wählt, ist der einzig wahre Exzentriker, der oberste Dandy, der einzige Mann, der sich nicht in seinem Elend suhlt, der keine mildernden Umstände geltend macht und sich nur an die eigene Brust schlägt, wenn seine Sirene vom Sockel stürzt. Lieber bleibe ich allein, als die Frau zu teilen, die ich liebe.«

Da hielt das Taxi in der Rue Notre-Dame-des-Champs. Paul stieg rasch aus und stieß Cécilie mit ausgestrecktem Arm sanft zurück, als sie ihm folgen wollte. »Nein«, sagte er, »wenn Sie zwischen zwei Sehnsüchten, zwei Männern hin- und hergerissen sind, sollten Sie zum Mann Ihres Lebens zurückkehren, während ich im Schatten bleibe, als Mann Ihres Romans.«

»Paul! Liebe mein!«, rief sie.

»Liebe mein …«, flüsterte er.

Dann schlug er die Wagentür zu, nannte dem Chauffeur Gustaves Adresse und blieb reglos am oberen Ende der Sackgasse stehen, die zu seinem Gartentor führte, um dem G7-Taxi, ihrer gemeinsamen Liebeskutsche, hinterherzublicken, während es in einer Wolke aus Papierfetzen entschwand, einem Schwarm schwarz-weißer Schmetterlinge, die aus den Fenstern ins Freie flatterten.

Verrières, 11. Januar 1958

Zur Autorin und zu ihrer Übersetzerin

Louise de Vilmorin, am 4. April 1902 bei Paris geboren, war in jungen Jahren mit Antoine de Saint-Exupéry verlobt. Sie entstammte dem französischen Adel, was ihr erlaubte, im Stammschloss der Vilmorin führende Künstler ihrer Zeit zu versammeln. Ihr langjähriger Lebensgefährte André Malraux regte sie zum Schreiben an, und es entstanden nicht nur die *Liebesgeschichte,* sondern auch die Romane *Julietta, Der Brief im Taxi* und *Les belles amours.* Bekannt wurde sie vor allem mit ihrem Roman *Madame de,* 1953 von Max Ophüls verfilmt. Louise de Vilmorin starb 1969 an ihrem Geburtsort.

Patricia Klobusiczky, geboren am 3. April 1968 in Berlin, studierte Literaturübersetzen an der Heinrich-Heine-Universität in Düsseldorf, arbeitete lange Jahre als Lektorin für Rowohlt und ist seit 2006 freie Übersetzerin, Moderatorin und Lektorin. Im Dörlemann Verlag sind bisher in ihrer Übersetzung *Liebesgeschichte, Julietta* und *Madame de* von Louise de Vilmorin erschienen.

Zum Buch

Cécilie ist eine hinreißend unkonventionelle Dame, die in ihrer Bücherhöhle, liebevoll Ali Baba genannt, ihre Tage größtenteils mit dem Schreiben von Artikeln, Reiseberichten und Drehbüchern verbringt. Sie ist verheiratet mit Gustave, einem Bankier, der seine Karriere stetig vorantreibt.

Als Cécilie die Geliebte ihres Bruders Alexandre zum Bahnhof begleitet, rutscht ihr unglücklicherweise im Taxi ein geheimnisvoller Brief aus der Tasche. Und die Geschichte nimmt ihren Lauf.